「そ、そ、そこは触らないで下さい」

「さっきから反応しているじゃないか。感じるんだろう？」

「だ…めです……っ」

からかうように尋ねると、春は耳まで真っ赤にして睨んでくる。

Illustration：Yuri Ebihara

セシル文庫

可憐な初恋、甘いキス

桂生青依

イラストレーション／海老原由里

可憐な初恋、甘いキス◆目次

可憐な初恋、甘いキス

（何やってんだ、あいつ）

日曜日の昼過ぎの新宿駅《しんじゅく》。

溢《あふ》れんばかりの人で混み合う改札前で、同僚数人と張り込みを続けていた真田恒成《さなだこうせい》は、ある青年の姿を目に留《と》めると、思わず眉を寄せて呟《つぶや》いた。

今はこちらに横顔を見せているその青年の歳は二十代前半ぐらいか。背は一七五センチ前後。細いが均整の取れた体格で、スタイルがいい。短い髪は柔らかな茶色。清潔感があり、男にしては可愛《かわい》らしい雰囲気で、思わず目を引かれる整った目鼻立ちをしている。

だが、そんな人目を引く容姿にも拘《かか》わらず、今はなぜか背だけが伸びた子供のように見えるのは、彼がその綺麗《きれい》な顔に、見るからに狼狽《うろた》えているような不安そうな表情を浮かべているからだ。

大切に使われてきたのだと一目でわかる飴色の革の鞄《かばん》を斜めがけにし、プリントアウトした地図のようなものを手に、忙《せわ》しなくきょろきょろうろうろしている様子は、まぎれもなく、彼がここで迷っていることを表している。

それも、随分《ずいぶん》な迷いようだ。

恒成は、仕事に集中しなければ、と一旦は青年から目を離したものの、彼はその後もしきりに視界に入ってくる。

見るたび気になってしまうそれをなるべく見ないようにしながら、恒成は容疑者がやって来るかもしれない改札口を睨《にら》み続ける。

恒成は、今年で二十六歳。大学卒業後刑事になり、現在は新宿南署の捜査一課に配属されている。

一八五センチを越えた長身に、着やせして見えるものの、しっかりと筋肉のついた身体は、さすがに刑事というところだが、彼が刑事だと一目で気付く者は、おそらくそうはいないだろう。

常に辺りに対して注意深く視線を走らせているきつめの目元は、確かに刑事らしい精悍《せいかん》な雰囲気を漂わせているが、男らしく形のいい眉や、高い鼻、引き締まった口元といったその恵まれた容姿は、彼を刑事というよりもモデルか俳優のように見せていたためだ。

しかしそれは、恒成にとっては学歴と並んで不当に周囲から揶揄《やゆ》される原因になっていて、不愉快なものの一つに過ぎなかった。

たとえば、何か事件が起こったとき。

関係者の中で女性の相手をさせられるのは、なぜかいつも恒成なのだ。

それはまるで「お前は女相手」と暗に言われているようで、恒成にとってみれば不本意きわまりなかった。

同時に、キャリアとして勤めることのできる学歴を持ちながら、一介の刑事として就職したことも、揶揄と嫌みの原因になっているようで、捜査の手順や方法などで意見がかち合うたび、「お前は頭でっかちだ」と、それを揶揄されることが何度もあった。

恒成からすれば、大学に行ったのは勉強したいためであり、就職のためではなかったし、キャリアでなく現場の刑事を選んだのは、やりたかった仕事の一つだったことと、大学在学中に両親が死に、まだ幼い弟の面倒をみるために安定した収入を得られ、転勤を避けたかっただけなのだが、周囲からはあまり理解されていないようだ。

そのため、恒成は、普段から人の何倍も仕事をするようにしていた。

「付き合いの悪い奴だ」「澄ましている」「顔だけ」「頭でっかち」――。

何かあるたびそう言われたとしても、自分がそれをはねのけるだけの仕事をしていればいいのだと――そう思って。

だから、勤務時間中は常に誰よりも集中して仕事をしていたつもりだったのだが。

「……」

恒成は、相変わらずさっきから何度も何度も視界に入ってくる青年に、ますます眉を寄せる。

いい加減にいなくなるかと思いきや、彼はまだこの辺りをうろうろしている。

その彷徨《さまよ》っている様子は、もしかして、もう目的地にたどり着くことを諦めて、この辺りをぐるぐる歩き回ることにしたのだろうかとさえ思うほどだ。

そしてそれからさらに約五分ほど経ったとき。

「ったく――」

恒成はとうとう堪《たま》らず小さく呟くと、まだ辺りをうろうろしている青年のもとへと足を向けた。

仕事中に余計なことをすべきじゃないことはわかっている。だが、いい歳をした大人に、いかにも「迷子です」といった様子で目の前をうろうろされると、どうしても気になってしまう。

こんなことで集中力が削がれてしまうなら、さっさと自分が案内をして目の前からいなくなってもらった方がいいと判断したのだ。

恒成は青年のすぐ近くまで近付くと、

「どうしました」

と、なるべく柔らかく声をかけた。

だが突然だったためか、彼はびくっと慄《おのの》き、狼狽えた様子で振り返る。

見開かれた、大きな瞳。

その透明さに、一瞬、恒成は目を奪われた。

しかも間近で見れば、青年の際立った美しさは一層顕著だ。手触りのよさそうな髪に、長い睫《まつげ》に縁取られた二重の瞳。近くで見てもあどけなさは変わらないが、形のいい眉といい品のある口元といい、いつまでも見ていたい魅力がある。

刑事という仕事柄、大勢の人の顔を見てきたし、いわゆる「美形」と言われている顔も見てきたが、青年の貌《かお》は、今まで見た誰とも違い、そして際立って美しかったのだ。

さっきから見ていたはずなのに、間近で見ると戸惑わされる。

すぐに次の言葉が出せず、いつしかじっと見つめてしまっていると、

「あの……」

こちらを見上げながら、青年が、不安そうな声を上げる。

恒成ははっと我に返ると、できるだけ穏やかに言った。

「驚かせたなら悪かった。ひょっとしたら迷ってるのかと思ったんだ」

「あ……」

途端《とたん》、安心したのか、青年の表情はみるみる和らぐ。

綻《ほころ》ぶ花を思わせる柔らかなその貌に一層目を奪われ、恒成は自分自身に対して軽い戸惑いを覚えた。

いったい自分はどうしたのか。

ともすれば自分や周りの人間を危険にさらしてしまう仕事のため、仕事中は——ときに

はそれ以外のときでも神経を尖《とが》らせているはずの自分なのに、彼を見ているとそれだけで、張りつめている神経が自然と和らいでしまう気がする。

（なんなんだ）

いつにない自らの心境に戸惑いながらも、辛《かろ》うじて動揺を押しとどめ、恒成は青年からの返事を待つ。すると彼は、「はい」と照れたように頷《うなず》いた。

「実は…そうなんです。駅の向こうの店に行くつもりだったのに、なんだか迷っちゃたみたいで。この駅、大きいですよね。初めてだから、びっくりしました」

はにかむように笑うと、青年は一層幼く見える。シャツに包まれた腕も細く、掴《つか》んだら簡単に折れそうだ。

だが、青年の佇《たたず》まいからは、弱々しさだけじゃない、何か不思議な雰囲気が伝わってくる。その正体が知りたくて、思わず考え込んでしまう恒成の傍《かたわ》らで、青年は続ける。

「歩いていればなんとかなるかと思ってたんですけど、ダメみたいですね。この——新宿イーストビルにあるお店に行きたいんですけど……」

そして青年は、地図を差し出してきた。慌《あわ》てて恒成はそれを覗き込むと、ややあって、今いる地点からビルまでの道を指しながら言った。

「新宿イーストビルなら、駅の中を通り抜けるより、こっちの大きな道から迂回《うかい》していった方がいい。確かに駅を突っ切った方が早いだろうが、わかりにくいし、慣れてる人でも迷うことがある。少し遠回りになるけど、この大きな道沿いに行く方がわかりやすいだろう」

次いで顔を上げると、駅の出口の方を指さす。

すると、一緒に張り込みをしていた仲間の姿が目に入った。

顰《しか》められた表情からは「何やってる」という言葉が聞こえてくるようだ。

恒成は「仕方ないだろ」と胸の中で呟いた。

仕事中だということはわかっている。だが見過ごせなかったのだから仕方がない。

恒成は気を取り直すと、再び青年が持つ地図に目を向け、道を指でなぞりながら説明する。

「今いるのはここ。で、ここからこうまっすぐに行って、ここで左に曲がればすぐにこの通りに出るから、そのまままっすぐに行けば、そのうちビルが見える。わかったか？」

そして最後に確認するように言うと、青年は「はい！」と深く頷いた。

「ご親切に、ありがとうございました」

ほっとしたように笑顔で頭を下げるその様子は、微笑《ほほえ》ましくも清々《すがすが》しい。

屈託のない素直な様子に、恒成は胸の中で苦笑した。

元々用心深い性格だからか、それとも刑事という職業柄か、恒成はどちらかと言えば、あまり他人に対して簡単に心を開く方ではない。そのせいか、学生時代も友人はほとんどいなかったし、今現在恋人もいない。告白されて付き合ってもしばらく経つと「何を考えているのかわからない」と告げられ、別れることばかりだったのだ。

例外は家族だけ。両親が死んだ今は、歳の離れた弟だけが唯一心を許せる相手で、それはもう自分の性分のようなものだと思っていたのに。

今はどうしてか、いつになくリラックスしているような、奇妙なほどの心地の好さを感じている。

初めて会った相手と、ほんの少し言葉を交わしただけなのに、いったいどうしたんだろう？

恒成は、何度もこちらを振り返りながら去っていく青年を見ながら、小さく首を傾《かし》げた。

不思議だ。だが、悪くない。

目の奥には、今も彼の笑顔が残っている気がする。澄んだ水のような、柔らかな風のような青年だった。

「ああいうのを無邪気って言うんだろうな」

自分とは全然違うなと改めて感じながら、仕事へと気持ちを切り換える。

仲間にも「もう終わった」と視線で合図して、恒成は張り込みに戻った。

今日の張り込みは、所轄内で多発している強盗事件の容疑者を見つけることが目的だ。

先に逮捕した一人から、主犯の男はこの駅を利用することが多いと聞き、先週から張り込むことにしたのだった。

恒成は時折ちらりと時計に目を走らせ、待ち合わせを装いつつも、鋭い瞳で改札を睨む。

周りには、何も知らずに休日を楽しんでいる人たちが大勢いる。家族連れ、カップル、学生たちのような若いグループ。容疑者の確保のときには、彼らに危害が及ばないよう注意しなければ。

しかし、そうして十分ほど経ったとき。

恒成は目の前を横切った見覚えのある顔に、目を瞠《みは》った。

不安そうな面持《おもも》ち。片手には地図。

そこには、さっき恒成に礼を言って去っていったはずの青年がいたのだ。

「あいつ……何やってるんだ」

しかも、青年はさっきより一層困っている様子だ。

あれだけ丁寧に教えたのに、また迷ったということか。

だが、もう持ち場を離れるわけにいかず、恒成は顔を顰めたまま、見なかったことにして再び仕事に意識を集中しようとする。

しかし次の瞬間、

「あの……」

傍らから、聞き覚えのある声がした。

嫌な予感を覚えつつもそろそろと目を戻せば、案の定。そこには、困ったような顔をしているさっきの青年がいた。

「お前——」

「あの……！」

そして青年は恒成が大きく顔を顰めたのと同時に声を上げると、直後、しょぼんと肩を落としながら続けた。

「その、すみません。もう一度道を教えてもらえませんか？」

「……お前なあ……」

「すみません……！」

「だいたい、どうしてここにいるんだ！　さっきはあっちに向かってただろ」

「途中で、おばあさんに道を訊《き》かれたんです。それで、案内してたらまた迷っちゃって……」

「……」

「おばあさんは、ちゃんと連れて行ってあげられたんですけど」

小さな声で言うと、青年は「すみません……」とまた繰り返す。

恒成はもう一言言おうとして——開きかけた口を閉じた。

この手の輩には、どう言っても無理だ。関わった自分が馬鹿だった。

「悪いが、俺は忙しいんだ。他を当たってくれ」

突き放すようにそう言うと、青年の大きな瞳が揺れる。

それは、不安と失望を色濃く映した動きだ。だが、恒成は顔を逸らし「さっさとあっちに行け」と全身で知らせる。

本当に煩《わずら》わしかったのもあるし、なんとなく、これ以上彼と関わりたくない気もしたのだ。

刑事の勘というほど大袈裟《おおげさ》なものではないが、なんとなく、これ以上彼と話すのはよくない気がして。

なにより、今は仕事中だ。

いつ容疑者が姿を見せるかもしれないここで、他のことに関わっている暇はない。

しかし、青年はまだ去らない。

恒成は舌打ちすると、青年に顔を寄せ、「いいか」と、軽く凄《すご》むように声を潜《ひそ》めて早口に言った。

「俺は今仕事中なんだ。他のことに関わってる暇はない。道を聞くなら、駅員にしろ」

「仕事……？」

「張り込み中だ」

そして、「あっちに行け」と追い払うように手を動かしたときだった。

「！」

容疑者らしき人物が、改札の向こうからこちらへやって来るのが見えた。

少し離れて張り込んでいた同僚たちも気付いたのだろう。互いに目配せし合うと、人並みを縫い、できる限りスムーズに男の身柄を確保できそうな布陣に移動していく。

何度となく周囲を見回している様子からして、男は随分警戒しているようだ。となれば武器を持っている可能性もあるし、だとしたら、人の多いここよりも、もう少し駅から離れたところで確保した方がいいかもしれない。

確認するように同僚たちに視線を投げれば、彼らも同じ考えなのだろう。頷き、駅の外を指すようにして軽く顎《あご》をしゃくるのが見える。一旦駅を出るまで泳がせて、辺りの人が少なくなったところを捕まえる計画だろう。

――それがいい。

恒成も頷き返し、男から付かず離れずの距離でそっと後を追おうとしたときだった。

「待って下さい！」

背後から、あの青年の声がする。

「待って下さい！　あの、駅員さんに聞くにはどこに行けば――」

辺りに響く大きな声に、ヤバい、と恒成が顔を顰めたのと、声に反応した男がこちらを振り向いたのとが同時だった。

目が合った途端、男は恒成の正体に気付いたのだろう。

次の瞬間、再び背を向けて駆け出した。

「待て！」

人混みの中、恒成も駆け出し、声を上げて男に制止を求めるが、男の足は止まらない。

次々と人にぶつかってはなぎ払い、突き飛ばして逃げようとする男に、人だらけの駅構内が騒然とする。

「どいて下さい！　すみません、どいて！」

次々と上がる短い悲鳴を耳の端にしながら、恒成は全力で男を追いかけた。

（武器を持ってなきゃいいが――）

そう考えた次の瞬間、

「止まれ！」

一緒に張り込んでいた同僚が、素早く男の前に回り込む。

男は足を止めたが、振り返った彼の手には、ポケットから取り出したナイフがあった。

「どけ！」

そして手にしたそれを振り回すと、威嚇《いかく》するように周囲に向けて叫ぶ。

ナイフに気付いた人たちから次々悲鳴が上がり、辺りは一層騒然とし始めた。

思いがけない場所での捕り物になってしまったことに、恒成は大きく顔を顰めた。

これで現行犯で逮捕できるようになったのはいいが、もし誰かを人質にでもされたら大変だ。

「ナイフを下ろせ」

集まってくる警官たちが騒ぐ人たちを遠ざけようとしている中、恒成は男に近付きながら声を上げる。

睨み合ったまま、ゆっくりと包囲の輪を縮めていくと、

「どけって言ってるだろうが！」

堪らなくなったのか、男はナイフを振り回しながらこちらへ突っ込んでくる。

次の瞬間、恒成は巧みに身をかわすと、男の腕を掴み、そのまま地面に引き倒した。

「うわっ！」

はずみで、男の手から落ちたナイフが地面に跳ねる。

「大人しくしろ！」

「離せ！　どけよ！　離せ！」

「動くな！」

身体を押さえ付けたが、男は興奮しているからかまだ暴れ続ける。

それでも、加勢が来ると次第に大人しくなり、やがて、観念したように動かなくなった。

男に手錠をかけて引き起こすと、視界の端に、怯《おび》えたような表情でこちらを見ているあ

の青年の姿が映る。

顔が真っ青だ。見るからに暴力とは無縁そうな男なのだから仕方がないのだろうが、そもそもこの事態を招いたのは彼のせいだ。

「……」

彼に大声で呼ばれたときのことを思い出した途端、憤りが込み上げてくる。

恒成は手錠をかけた男を同僚に預けると、まっすぐに青年の方へと足を向けた。

あの青年のせいで、あわや惨事になるところだった。一言言ってやらなければ気が済まない。

すると、間近で向かい合った途端、

「……すみませんでした……」

恒成が口を開くより早く青年は頭を下げ、震えた声で言った。

真摯で、反省していることが全身から伝わってくる。

だが恒成は、憤りが収められなかった。

胸ぐらを掴んで何度も揺さぶってやりたいところをぐっと堪え、代わりにきつく睨み付けると、青年はますます小さくなる。

恒成はなんとか怒りを逃がすようにしてゆっくりと息をつくと、

「これっきりにしろよ」

低く言った。

「今回はたまたま何もなかったけどな。一つ間違ってたらお前のせいで大惨事だ」

「はい……」

「ったく……よりにもよって、あそこであんな大声を上げてくれるとはな」

「すみません……」

「――もういい」

断ち切るように言うと、恒成は念を押すように一旦強く青年を睨み、踵《きびす》を返す。

「本当にごめんなさい！」

背中に悲痛な声が届いたが、恒成は振り返らなかった。

◆

恒成の自宅は、新宿から電車で四十分ほどの郊外にある。

小さな庭のある一軒家で、八年ほど前までは家族四人で暮らしていた。

だが、父と母を事故で亡くし、今は、小学生の弟、悠斗《ゆうと》と二人暮らしだ。

仕事で遅くなるときには、昔から親しくしている近所の人が弟の面倒をみてくれている。

思いがけず駅での捕り物になってしまったその翌日。恒成は、疲れた身体と頭を抱えながら、帰途についていた。

　仕事帰りは、いつも疲れと安堵《あんど》とが混じった独特の開放感に包まれるものだが、今日は昨日の張り込みでのことがあったからか、いつになくまだ神経がぴりぴりとしている。

あんな人混みで容疑者と格闘になって……。本当に——今思い出しても、何もなかったのが奇跡のようだ。

　その件に関しては、署に戻ってから当然のように課長に絞られたし、同僚たちの冷笑に晒《さら》されることになった。

　しかも、元はといえば自分があの青年を気にして声をかけてしまったことが原因だから、何を言われても黙るしかなく、やり場のない怒りを堪《こら》えているのが大変だった。

（まったく……）

　恒成は電車を降り、駅から自宅までの道を歩きながら、胸の中でぼやくように呟いた。

やはり仕事中に妙な親切心など出すんじゃなかった。あの青年に関わらなければ——彼を放っておいたなら、あんなことにはならなかっただろうに。

　だがそう考える恒成の脳裏を過《よぎ》るあの青年の姿は、今もどうしてか鮮明だ。昨日のことなのに、ほんの数分話しただけなのに、とても強く印象に残っている。

　大人のくせに、子供のようにまごまごと迷子になっていたのが印象的だったのだろうか。

それとも、男なのにちょっと見ないぐらい綺麗な顔立ちだったからだろうか。

昨日のことをつらつらと思い返し、眉を寄せて考え——しかしややあって、恒成は軽く頭を振ってそれを頭から追い出した。

もう、終わったことだ。

確かにあの青年のせいでしなくていい捕り物をすることになってしまったし、課長からも怒られることになってしまった。

だが、もうそれは終わったことだ。

家に帰れば明日は丸一日休みなのだし、もう仕事のことは忘れてゆっくり過ごそう。

悠斗とも色々話をして、一緒に遊んでやって、英気を養い、また仕事に取り組むべきだ。

今日のことは今日のこと。反省はしても、いつまでもこだわるべきじゃない。

あの迷子の青年にだって、もう会うことはないのだから。

「だな」

自分に言い聞かせるように声に出して言うと、恒成は一人頷いて自宅への角を曲がる。

しかしそのとき。

「？」

聞き覚えのある音が耳を掠《かす》めた気がして、思わず足を止めた。

息を詰め、耳を澄ます。

するとやはり——音が聞こえてきた。

馴染み深い、けれどしばらく聞いていなかった音だ。聞いているうち、胸の中に、言葉にできないほどの懐かしさが込み上げる。

子供時代の自分に、一気に引き戻される。

学校から帰ってきたときや遊んで帰ってきたとき、夕焼けの中でいつも胸弾ませながら聴いていた音だ。

母のピアノの音。

音楽大学を出て、保育士になって父と結婚した母は、家にいるときはいつもピアノを弾いていた。

ピアノ教室を開いて近所の子供たちに教えていたこともあったが、なにより自分がピアノを弾くのが大好きで、恒成が物心ついたときはいつも家の中はピアノの音に溢れていた。

それは弟の悠斗が生まれてからも同じで、年が離れた弟は、恒成以上に母のピアノを恋しがり、何度も何度も弾いてもらっていたものだ。

だがそんな過去も、母が死んでからというものずっと封印されていた。

あれからというもの、誰もあのピアノに触らなかったのに。

(どういうことだ?)

悠斗が弾いているんだろうか。

弟も自分も母にピアノを教わったから、簡単な曲なら弾けなくもない。だがそれにしては上手すぎる。

それに、悠斗は母が死んで以来、もうピアノは見ようともしていなかったはずなのに。

一体誰が。

(裏の野口《のぐち》さん…でもないよな……)

一瞬だけ、いつも弟共々世話になっている近所の女性のことが脳裏を過ったが、彼女がピアノを弾けるという話は聞いたことがない。

それに、この音。

なんの曲かはわからないが、風に乗って届く音を聞いているだけで、胸の奥がざわめいてやまない。

いても立ってもいられず、恒成はいつしか走るようにして家に向かう。

ピアノの音は、どんどん大きくなる。

「ただいま。おい、悠斗――!?」

手早く鍵を開け、玄関を開け、何があったんだ、と声を上げながら足早に茶の間を抜け、ピアノが置かれている廊下に足を踏み入れる。

次の瞬間、

「え……」

恒成は一言零したきり、その予想もしていなかった光景に絶句した。

廊下の端。

置き忘れられるようにしてそこにあるピアノの前には、昨日のあの背中があったのだ。

昨日道に迷ってうろうろしていた、あの青年の姿が。

その傍らには、弟の悠斗が立っている。青年がピアノを弾く様子に目を輝かせているその表情は、ここしばらく見ることのなかった、幸せそうな、嬉しそうな笑顔だ。

「……」

その笑顔と、そしてなにより今や身体中に響く音楽に胸を揺さぶられ、唖然としたまま動けずにいると、ややあって、恒成の気配に気付いたのか、ピアノを弾いていた青年がふと手を止める。

振り返った彼は、恒成と目が合うと、「あっ」というような顔を見せた。

直後、

「おかえり！」

つられて振り返った悠斗の、弾んだ声が廊下に響く。

恒成がはっと我に返ると、悠斗が笑顔のままこちらに駆け寄ってくるのが見えた。

「おかえり！　兄ちゃん！」

飛びついてくる小さな身体。

恒成は辛うじていつものように受け止めたが、頭の中ではまだ今しがたまで聴いていたピアノの音がぐるぐると巡っている。

それに、事態が飲み込めない。

どうしてあの青年が我が家にいるのか。しかもどうしてピアノを。

「……悠斗」

「ん？」

恒成は青年を見つめたまま、弟に向けてそろそろと口を開いた。

「あの男は誰なんだ。どうしてうちにいる？」

この青年が悪い人間ではないことは、既にわかっている。これでも刑事だ。会って数度言葉を交わせば、相手の根っこが善人かどうかの区別はつく。

彼は道に迷う癖はあるようだが、もし財布が落ちているのを見つければ、誰も見ていなくても間違いなく交番に届けるタイプだ。

交番に行く途中道に迷って右往左往することはあっても盗んだりはしない。そして人を傷つけるタイプでもないだろう。

だがどうして、他人である彼が家に入ってきているのか。

訝《いぶか》しく思っていると、「あのね」と楽しそうな悠斗の声が聞こえた。

「今日、学校に来てくれた人なんだ。ピアノの演奏会で！　ハルっていうんだよ。それで、帰りに会って、一緒に帰ってきたんだ」

その声も表情も、いつになく明るい。両親が死んで以来、久しぶりに見る笑顔だ。

だが、まだ意味がわからない。

恒成は、戸惑いつつも自然と悠斗を守るようにしながら、青年を見つめ、説明しろ、と視線で促す。すると、青年は神妙な面持ちで立ち上がった。

「悠斗くんの学校に、ボランティアで、ピアノの演奏会に行ったんです。でも僕、帰りに迷ってしまって……」

「そう！　だから僕が『うちに来たら』って言ったんだ。兄ちゃんも、『困ってる人がいたら助けろ』って言ってたし」

「いや、それは……」

すかさず口を挟んできた悠斗に、恒成は困惑が隠せない。

だが、今の言葉でいくつかわかったこともある。

「お前、ピアニストなのか」

悠斗が「ハル」と呼んだ青年に尋ねると、彼は神妙な表情で「はい」と頷いた。言われてみれば、確かに音楽家らしい品のよさが窺《うかが》える。

そしてハルは改めて恒成に近付いてくると、ぺこりと頭を下げた。

「申し遅れました。僕はハル＝メイスンと言います。母は日本人で、日本の名前では、雛《ひな》月春《づきはる》です。今年で二十四歳です。ピアニストとしては、十年ぐらい活動してます」

「そんなに前から？　十年っていったらまだ十四、五のころだろう」

「父も母も音楽関係の仕事をしていたので、自然と子供のころから僕も。でも日本には、今回、初来日なんです。母はアメリカで父と結婚して僕を産んでからは、ずっと向こう住まいだったので」

「だからか」

「え？」

「駅で迷ってたのがだ」

昨日のことを思い出し、恒成は言った。

日本が初めてだったなら、大きな駅で困惑していたのもわかるというものだ。すると春は途端に恥ずかしそうな表情を浮かべ、頬を染めながら小さく頷いた。

「そうですけど……。実は僕、ああいうのいつもなんです。注意してるつもりなんですけど、気が付いたらどこにいるのかわからなくなっちゃうっていうか……迷子になってしまって。だから普段はマネージャーがついていてくれるんですけど、昨日は彼が仕事だったので一人で出かけたらあんなことに……。本当にすみませんでした」

「……」

「今日、悠斗くんにお世話になってしまったのも、そのせいなんです。マネージャーは打ち合わせが入ってしまって……。演奏会が終わってすぐにタクシーでホテルに戻ればよかったんですけど、日本の街並みを見るチャンスだと思ってうろうろしてたら迷ってしまって」

そして一層小さな声で言うと、気まずそうに俯《うつむ》いてしまう。

その様子は、思わず守ってやりたくなるような風情だ。

だが恒成は心を鬼にすると、「事情はわかった」と冷たく言った。

彼が悪人じゃないことはわかってる。ここに来た事情もわかった。だがたった一人の弟を守らなければならないのも使命なのだ。

恒成はじっと春を見据《みす》えて続ける。

「だが子供一人のところに上がり込むっていうのは、ちょっと思慮が足りないんじゃないのか。携帯電話は持ってなかったのか？　それに、道がわからなくたって周りの人に尋ねるなりなんなりして、なんとかすればよかったんだ。日本は初めてだとしても言葉は喋《しゃべ》れるんだし、俺には話しかけてきただろう」

追いつめても仕方がないとわかっていても、悠斗のことが心配でつい尖った声で言葉を重ねてしまう。

すると「すみません」と俯く春を庇《かば》うように、悠斗が声を上げた。

「僕が『来て』って言ったんだよ。ハルは悪くない！」

「悠斗」

「ハルのピアノが凄くて、感動して、もっと聴きたかったから……。だから、『来て』って言ったんだ」

いつになく興奮した様子で必死で訴える悠斗に、恒成は戸惑わずにいられなかった。

両親が事故で死んでからと言うもの、彼はいつも暗い顔で下を向いていた。

一年が過ぎ、二年が過ぎても喪失のショックから抜け出せず、恒成がどんなに頑張っても昔のような笑顔を見せることは稀《まれ》になってしまったのだ。

ピアノだって、昔は母親と一緒によく弾いていたのに、ずっとカバーをかけて見えないようにしていたほどだ。

捨てられない。忘れられない。

けれど目にするのは辛い――。

そんな悠斗の気持ちは恒成にも痛いほど伝わってきていて、これからの彼のためにはどうすればいいのだろうかと常に頭を悩ませていた。

だが、今、悠斗はこんなに必死になっている。

それは、兄として喜ぶべきことなのかもしれない。だがその一方で、どうしてこの男のためにそこまでという、嫉妬《しっと》にも似た感情が込み上げてくるのが止められない。

兄弟二人で慎《つつ》ましやかに暮らしてきた「我が家」が、たった一人にかき乱されてしまった感が否めない。

それも、こんなのほほんとした、緊張感のない男に。人の仕事をぶち壊してくれたような男にだ。

「――雛月さん」

恒成は、自分が感じている理不尽な苛立ちがなるべく声に出ないように注意しながら、目の前の男を呼んだ。

途端に向けられる澄んだ瞳。

それは、人を疑うことを知らないような、まるで子供のようなそれだ。

そんな瞳と眼差しにもまた、わけもなく苛つかされる気がして、恒成は睨むようにして見つめ返して言葉を継いだ。

「頭ごなしに責めてしまって悪かった。どうやら弟が無理を言ったみたいだな」

「い――いえ」

「だが、それでも家に上がり込むのはやりすぎじゃないか？　外国ではどうだから知らないが、日本じゃ非常識だ」

自分の声が必要以上に固く、冷たく、突き放すようなものになっていることは自覚しつつも、恒成はきっぱりと言う。

すると、春はみるみるうちにすまなさそうな表情になり、頷いた。

「そうですよね。確かに浅慮でした。すみません。すぐに、帰りますので」

「待ってよハル。兄ちゃん、僕が来てって頼んだのに！」

だが、頭を下げて帰ろうとする春のあとを追うように悠斗は駆け出すと、恒成に向けて尖った声を上げる。

どうやら、すっかり懐いてしまったようだ。

玄関で靴を履く春の服をまだ引っ張っている悠斗の手を、恒成は強引に引き離した。

「駄目だ。彼はもう帰るんだから」

「嫌だよ！　なんでだよ！　兄ちゃん！　おーぼーだよ！」

「何が横暴だ。知らない奴を家に上げるな」

「だってハルは悪い人じゃないよ！」

恒成が背後から抱きかかえても、悠斗は手足をばたつかせて暴れる。

もうすっかりこの男に——春に夢中になっている。

恒成はいつの間にか思っていたよりも大きくなっている弟の身体をがっしりと抱き締めたまま、きつく眉根を寄せた。

まったく——なんてことをしてくれたんだ。

見当違いだとわかっていても、春に対して苛立ちが込み上げる。

悠斗が明るさを取り戻してくれたことは嬉しい。素直に喜ばしいことだと思っている。

年の離れた弟が、ずっと元気がないままでいるのを、自分はどこか扱いあぐねていたから。

けれど、気まぐれに立ち寄っただけの奴が、こんなに懐くほど構ってくれなくてもよかったのだ。

学校の先生や近所のおばさんたちならともかく、この男はずっと居られるわけじゃない。しかもピアニストで親も音楽家とくれば、自分たちのような者とは完全に住む世界が違うだろう。

それなのに、こんなに悠斗を懐かせてしまうなんて残酷にもほどがある。

きっと悠斗は、しばらく春のことを話し続けるだろう。気にし続けるだろう。

また来ないだろうか、またピアノを弾いてくれないだろうか、と。期待するなと言っても期待してしまうだろう。

そして来ないとわかれば以前以上に落ち込むに違いない。

両親に死なれた上、そんな思いはさせたくなかったのに。

「何見てる。さっさと出て行け」

恒成は、困った表情で悠斗と自分を見ている春に、顎をしゃくった。

「出たら右にまっすぐ行って、角にコンビニのある交差点を右に曲がれ。そのまま道なりに行ったら、大きな通りに出る。そこの横断歩道を渡って少し行ったところが駅だ」

苛立ち気味に一気に早口で言ってしまうと、春を追いかけたりしないように、がっしりと悠斗を抱き上げ、「じゃあな」と、もう後ろも見ずに茶の間へ戻る。

その背中に、

「……お邪魔しました」

小さな声がしたかと思うと、玄関の引き戸が開いて閉まる音がした。

「――酷いよ！」

直後、抱えていた身体から、悲鳴のような声が弾ける。

茶の間の畳の上に下ろしてやると、悠斗は怒りに顔を赤くしながら恒成を睨み上げてきた。

「なんで追い出したの!? 僕が悪いって言ったじゃん！」

「お前は悪い。だがあいつも悪い。だから追い出したんだ」

「困ってたから助けただけなのに！」

「時と場合によるんだ。ほら――もういいだろう。そんなことより夕飯の――」

「よくない！」

すると悠斗は声を上げ、玄関へ足を向ける。慌てて、恒成はその腕を掴んだ。

「待て。どこ行く気だ」

「春のところ。兄ちゃんのあんな説明じゃ、春、また迷っちゃうよ」

「やめろ。もう暗いんだぞ」

「でも春が迷っちゃうもん！」

「ダメだ」

前に回り込んで立ち塞がり、恒成は眉を寄せて弟を見下ろした。

睨んだつもりだが、悠斗は怯《ひる》まず見つめ上げてくる。

「……」

——困った。

ややあって、普段仕事のときには滅多に思わない言葉が、恒成の胸を過った。

健康そのもので身体も大きい恒成と違い、悠斗は小柄で身体もあまり強くない。

なのに、こういう頑固なところだけはしっかりと兄弟らしく似てしまったようだ。

恒成はふうと溜息《ためいき》をつくと、悠斗の前に膝をつく。同じ視線の高さで彼を見つめ、言った。

「もう暗い。あいつのところには俺が行くから、お前は留守番しててくれ。ただし、今度は誰も家に入れちゃダメだ」

「兄ちゃんが行くの？　本当に？」

すると、悠斗は目を瞬かせて見つめてくる。恒成はやれやれと胸の中で呟きつつも、

「ああ」と頷いた。

「まだそう遠くには行ってないだろう。だから俺が行って、駅まで送ってくる。それなら

「け…喧嘩《けんか》しない？　また、春のこと怒ったりしない？」

悠斗の眼差しは、真剣だ。

恒成は苦笑しつつも深く頷いた。

「しない。約束する。普通に駅まで道案内するだけだ。だからお前は家にいて、留守番しててくれ。鍵をかけて……いいな。今度は誰も入れちゃ駄目だぞ」

「うん」

「絶対だ」

「わかった」

神妙な顔で頷く悠斗に苦笑しつつ、その頭を一撫《ひとな》ですると、恒成はさっき脱いだばかりのスニーカーを再び履いて外へ出た。

帰ってきたときにはまだ灯《とも》っていなかったはずの街灯が、今はいくつも点《つ》いている。もうすっかり夜だ。

（あいつ、大丈夫か？）

春のことを考えながら、恒成は小走りに自分が説明したとおりの道を急いだ。

一番わかりやすい道を言ったつもりだから、普通の人間ならまず間違えずに駅に着くはずだ。

だが、相手はあの方向音痴。しかも夜だから、暗さや灯《あか》りに惑わされて、迷っているかもしれない。

「っく……なんで俺がこんなことを」

仕事から帰ってやっとほっとできると思ったらこのざまだ。あの男のせいで、昨日から散々な目に遭《あ》っている。

（雛月春、か）

だが、彼の弾いていたピアノの音は、不思議と胸を和ませるものだった。いや、「和ませる」なんて遠回しなぬるいものじゃない。もっと、何かこう……深く——胸の奥まで、骨の髄《ずい》まで染み込んでくるような音色だった。

決して大きくも激しくもない音だったのに、胸を揺さぶられた。動けなかった。

子供のころから活動しているピアニストはさすがに違う、というところだろうか。

それとも、あのピアノだから——母の遺してくれたピアノだからそう感じているのだろうか？

自分も、らしくなく感傷的になってしまっているのだろうか。

両親が事故で死んでしまって以来、ずっと弾かれていなかったピアノ。

あれは、母の大切な形見でありながら、家の中では喪失の象徴のようなものでもあった。

だから恒成もどうすればいいのかわからなかったし、悠斗も見てみないふりをしていたものだ。大事なものだったのに、家の隅に置いて、カバーを掛けて見えなくしていた。

それなのにあの男は、そんな悠斗の心を解《ほぐ》して……。

「まあ…見た感じも優しげな奴だったからな」

自分とは真逆の、繊細そうで華奢《きやしや》な身体と雰囲気の青年だった。二度見てもそう思うのだから、彼の本質からそう外れていないだろう。

「優しい」とか「穏やか」とか……そういう言葉で形容されるのが似合う男だ。しかもピアニスト。

恒成も子どものころは母からピアノを習ったことがあったし、音感のよさや手の大きさから、「真剣にやってみないか」と別の先生を紹介されかかったこともある。

だが、男なのにそこまでやるのはなんだか恥ずかしかったし、お金もかかると聞いて断った。

だから、そんな自分からしてみれば、両親ともに音楽家で、しかもまだ中学生ぐらいのころからピアニストだという春は、まさに「別の世界のおぼっちゃん」だ。

才能があっても、音楽で食べていくまでにどれだけお金がかかるか薄々知っているため、なおさらそう思う。

道に迷いやすいのも、きっとぼっちゃん育ちが原因なんじゃないだろうか？

車の送り迎えばかりで、一人で出歩くことがなかったとか、そういう――。

「あ」

するとと案の定。

春のことを考えながら歩いていた恒成の視界の端に、まったく違う方向へ向かっている見覚えのある背中が映った。

慌てて道を渡ると、きょろきょろしながらどんどん間違った方向へ歩き続けている男を——春を追う。

「おい！」

まったく、「道なり」と説明したのを聞いていなかったのか？

それとも「道なり」の意味を知らないのか。

「おい！　待て。春！」

恒成はほとんど走るようにして春を追いかけると、背中に向けて叫ぶ。

すると、春は驚いたような顔で振り返った。

夜の暗さと不自然なほど明るい外灯が入り混じる街角では、彼をますます子どもっぽく見せる。

恒成が隣に立つと、春は軽く首を傾げ、目を瞬いて見つめてきた。

「どうしたんですか？」

尋ねられ、恒成は眉を寄せて言い返した。

「どうしたじゃないだろ。なんでこの道を歩いてるんだ」

「え…でも……」

「『道なり』って言っただろう。意味がわからなかったのか？　なんでこっちの道に入ってきてるんだ」

「……」

「このまま歩いてたら、どんどん住宅街に入って道がわからなくなるぞ。ったく…お前本当に方向音痴なんだな」

「す――すみません。言われたとおりにしてたつもりなんですけど……」

　恒成が強い口調で言ったせいか、春は肩を縮こまらせて謝る。直後、不思議そうに「でも」と続けた。

「どうして、真田さんがここに？」

「悠斗の代わりだ。あいつがお前を駅まで送るって言って家を出て行こうとしてたから、その代わりに来たんだ」

「悠斗くんが……？」

「ああ。お前、すっかり懐かれたな。あのピアノだって、母親が死んでから今まで誰にも触らせなかったのに。道には迷うけど子供の扱いは上手いわけか」

　最後は余計なことだと自分でもわかっていたが、ついつい、こんなところまで春を追いかけて来ざるを得なくなってしまった不満をぶつけてしまう。

するとと、春はますます俯いてしまったのち、

「すみませんでした」

と、今度は深く頭を下げて言った。嫌みなのかと思ったが、そうではないようだ。春は顔を上げると、神妙な面持ちで見つめてきた。

「昨日も今日も、本当にすみません。迷惑かけてばかりで。わざとじゃないんですけど、その方が悪いですよね。真田さん、お仕事で疲れてるのに――」

そして一旦言葉を切ると、

「僕、タクシーで帰ります」

春は、決心したような顔で言った。

「なるべく街を見たり歩いたりしたかったんですけど、これ以上迷惑はかけられませんし。それなら、僕でもちゃんとホテルに帰れますから」

「あ…ああ」

思ったよりもしっかりとした声で言う春に、恒成は些《いささ》か驚く。しかもなぜか、どこか残念な思いを感じていた。

タクシー。

現実的に考えるなら、確かにそれが一番だろう。

ホテルに泊まっているなら、そのホテルの名前を言えば乗せていってくれる。仮に「道を知らない客」だと見抜かれてボられたとしても、都内ならたかがしれた金額だ。ピアニストとして来日している彼が持っていない金額でもないだろう。いざとなればカードだって使えるはずだ。

だが、それはここで彼と別れるということだ。それを想像すると、なんとなく拍子抜けするような、物足りないような思いが込み上げてくる。

早く家に帰りたい気持ちがあるのは本当だし、こんな奴にいつまでも関わっていたくない気持ちは家を出る前からたっぷりとあるが、その一方で、ここまで追いかけてきてやったのに一人で帰るのかという思いが生まれているのも、また事実だった。

妙な話だが、「ここまできたら最後まで面倒をみさせろ」とでもいうような心境だ。最低でも駅まで送って、電車に乗るのを見届けないと落ち着かないような…そんな気分になっている。

しかしそんな恒成の思いを知ってか知らずか、春はといえば、きょろきょろしながら、タクシーが通りがかるのを待っている。

そしてしばらく待っても来ないと知ると、

「少し、戻った方がいいみたいですね」

車の流れが多い方へと、来た道を戻ろうとする。恒成は黙ったまま、春のあとに続いた。

依然として、これで彼と別れられるという思いと、「面白くない」という気持ちが胸の中でせめぎ合い、絡まり合い、ぶつかり合っている。

恒成は、普段あまり経験することのない感情の縺《もつ》れに戸惑いつつ、黙って春の隣でタクシーを待つ。

しかし、時間が悪いのか乗れそうなタクシーはなかなか来ない。

「来ないですね」

春が、不安そうに呟く。こちらを気にしているのは、さっききつく言いすぎたせいだろうか。

八つ当たりしてしまった気まずさから、「駅まで行った方がいいんじゃないか」と、恒成が助け舟を出そうとしたとき。

「迎えに来てもらいます。仕方ないけど」

言いながら、春が鞄から携帯電話を取り出した。

「なんだ、ちゃんと携帯は持ってるんじゃないか」

思わず恒成が言うと、彼は手の中のそれを見つめ、小さく「はい」と頷いた。

「念のために持たされてるんです。でも、これを使ったらしばらく一人で出かけさせてもらえなくなっちゃうから…なるべく使いたくなかったんですけど」

「『出かけさせてもらえなくなる』？」

「はい。これを使ったら、僕が迷ったのがばれちゃいますから。『また迷ったのか。もう出かけるな』って」

春は、以前そう言われたときのことでも思い出しているのか、暗い面持ちで言う。

だが恒成は、もういい大人の春がそんな扱いをされていることに驚かずにいられなかった。

「お前、本当に周りから過保護な扱い受けてるんだな。もういい大人だろうに」

呆れるような気持ちを隠せず言うと、春も神妙な顔で頷く。

「僕もそれはちょっと気にしてるんです。恥ずかしいですし…しっかりしないと、って。でも、考え事をしてたらどこにいるのかわからなくなっちゃうことが何度もあって……。治そうとしてるんですけど、どうしても駄目で……」

そうして話しながら電話をかけようとしていたそのとき。春の手から、携帯がつるりと滑り落ちた。

「あっ！」

ガツッという鈍い音を立てて歩道に落ちる電話。

春は慌ててそれを取り上げたが、壊れたのか、電源が入らなくなってしまったようだ。

「あ……」

傷の付いたそれを見つめ、春はしょげた様子で眉を下げる。

恒成ははーっと溜息をつくと、「見せてみろ」と、手を差し出した。

本当に、こいつは成人しているのか？

まるで悠斗がそのまま大きくなったようだと思いつつ、恒成は渡された携帯を確認する。

ボタンのいくつかを押し、反応を見てみたが、液晶は真っ暗のままだ。

「ダメみたいだな」

恒成は言うと、数秒だけ考え、「行くぞ」と、春に声をかけて駅へ向けて歩き始めた。

こうなれば、もう彼を送っていくしかないだろう。いや、やはり最初からそうすべきだったのだ。

それも、電車に乗せるだけじゃなく、ホテルまで送った方がいい。面倒極まりないが、そうしないと心配だ。

「あ、あの」

すると、春は小走りに追いかけてきたかと思うと、不安そうに見つめてくる。

恒成は足を止めないまま首だけを巡らせると、「ホテルまで送る」と短く伝えた。

春が驚いたように目を瞬かせる。

「いいんですか？」

「ああ。乗りかかった船だ。最後まできっちり世話してやる」

「でも、その…お疲れですよね。あの、僕、大丈夫ですから！　駅まで案内してくれればそのあとはちゃんと――」

「それを信じてまた迷われたらかなわない。途中で放り出すのは俺の性に合わないんだ」

「でも……」

「いいから付いてこい。その方が俺も安心なんだ」

なるべくきつい言い方にならないようにしたつもりだが、上手くできた自信はない。現に、春はいまだどこか遠慮しているような、怯えたような顔だ。

だが、思い立ってふと歩くスピードを緩めてやると、すぐにそれに気付いた彼からほっとしたような気配が伝わってくる。

ちらりと窺った視界の端に映るのは、夜でもはっきりとわかる嬉しそうな笑みだ。邪気のないそれは眩《まぶ》しいほどで、恒成は思わず目を逸らしてしまった。

(ったく、なんなんだ、いったい)

普段の生活が殺伐としているせいか、男の笑顔だとわかっていても、屈託のないそれを向けられると戸惑ってしまう。

いや、それともこの男だからなのだろうか。澄んだ水のように綺麗で、邪気を感じさせなくて、ちょっと浮世離れしている雰囲気の彼だから。

「……馬鹿馬鹿しい」

自分の考えに思わずぽつりと呟くと、春は「え？」と小さく声を上げてこちらを窺ってくる。

恒成は「なんでもない」と短く言うと、また少し歩みを速くした。

何が「この男だからなのだろうか」だ。誰からでも、笑顔を向けられれば嬉しいに決まっている。たまたま、最近は事件事件でそういう機会がなかったから、こんな男の笑顔でもつい和んでしまっただけだ。別に、彼が特別なわけじゃない。

会ったばかりのこんな男。迷惑をかけられてばかりのこんな男が。

恒成は胸の中で何度も自分に向けて呟くと、ほどなく辿《たど》り着いた駅で二人分の切符を買い、一つを春に渡す。

そのまま彼を伴い電車に乗り込んだのだが、そこは予想以上に混み合っていた。

「大丈夫か」

電車が揺れるたびによろける春に尋ねると、彼は健気にも「大丈夫です」と頷く。だが、青い顔や引きつった頬は、決して「大丈夫」そうじゃない。おそらく、電車に乗ること自体にも慣れていないのだろう。

恒成は、必死になって吊革に掴まり、踏ん張っている春をしばらく見つめると、

「俺に掴まれ」

小声で言い、スッと腕を差し出した。

戸惑うように見つめてくる春に、さらに続ける。

「そんなに強く吊革を握ってたら、指に悪いんじゃないのか。よろけそうなら、俺に掴まればいい。腕にしがみ付いてろ」

「で、でも」

「商売道具なんだろう、指は。何かあったらこっちも夢見が悪い」

そして「ほら」というように軽く腕を揺すると、春はややあってこくんと頷き、おずおずとそこにしがみ付いてきた。

周囲からは奇異なものを見るような視線を感じたが、恒成は敢《あ》えて知らん顔でされるに任せていた。

恒成だって、本当なら男に腕を貸すような妙な真似をする気はなかった。だが、もし春の手に何かあれば大変だと思ったのだ。彼はプロのピアニスト。となれば指は普通の人の何倍も神経を使う場所だろう。こんなところで怪我をさせるわけにはいかない。あの音を生み出す指に。

すると電車が軽く揺れるたび、春は恒成の腕に必死で掴まってくる。それは昔の悠斗を思い起こさせるもので、恒成は思わず笑みが零れるのを止められなかった。

やはりこの男は、どこか憎めない。迷惑をかけられても、どうしてか仕方ないなと思ってしまう。子供っぽいからだろうか。まるで弟がもう一人できたかのようだ。

しかし、そう考え再びくすりと笑ったとき。

「……どうしたんですか？」

それが聞こえたのか、春が、じっと見上げてきた。

一瞬、恒成ははっとする。

大きな澄んだ瞳は、夜の、人だらけの電車の中でも美しさをまったく損なわず、むしろ吸い込まれそうな一層の純度の高さを保ちながら、恒成を見つめてくる。

恒成は見とれそうになるのをなんとか堪えると、「なんでもない」と軽く頭を振った。

だが、春はまだじっと見つめてくる。

仕方なく、恒成は適当な言い訳を口にする。

「手が大丈夫そうでよかったと思ってたんだ」

直後、春はふわりと表情を緩めて微笑んだ。

「はい。大丈夫です。真田さんのおかげで、ちゃんと……大丈夫です」

そして噛み締めるように言うと、視線でもしっかりとそれを伝えてくる。

「……そうか。ならいい」

ぽつりと答えたものの、恒成の胸の中は今しがたの春の瞳の強い印象がいつまでも残ったままだった。

「ありがとうございました」

◆

やがて、電車を乗り継ぎ、駅からタクシーでホテルに辿り着くと、フロントでカードキーを受け取った春は、恒成に深く頭を下げた。

散々振り回されたのに、綺麗な姿勢で頭を下げられたことと、まっすぐにこちらを見る瞳と、心からのものだということが伝わってくる真摯な感謝の言葉とで、今まで感じていた面倒がチャラになる気がする。

これが育ちのよさという奴だろうか。

恒成は春に対して改めてそんなことを感じると、どういたしまして、とそのまま踵を返した。

さすがにここまで来れば、迷うことはないだろう。もし迷っても、今度はホテルの従業員がなんとかするだろう。こっちは帰って夕食、そして風呂だ。

磨かれた床を大股で歩き、恒成は少しでも早くホテルから出ようとする。

大理石の床に、いくつもの大きなシャンデリア。

恒成でも名前を知っているほど有名で、そして宿泊料金の高いこのホテルは、訪れる人たちも格別だ。

外国人客が多く、男はみなぱりっとしたスーツか、ラフでも一目で質がいいとわかるシャツやスラックス。

女性たちは凝ったデザインのワンピースか小綺麗な今どきのファッションで、着古したシャツに量販店のスラックス、履き古したスニーカーの自分では、目立ってしまうことこの上ない。

自分の仕事や格好にコンプレックスがあるわけではないし、むしろ誇りを持っている恒成だが、大人の一人として、「場違い」という言葉の意味や使いどころも知っている。

入ってくるときにちらりと視線が合ったドアマンも、さすがに露骨《ろこつ》に表には出さなかったものの、胡乱《うろん》げな様子でこちらを窺っていたし、用事が終われば早々に立ち去るのが無難なところだろう。

春は――あの無垢《むく》で育ちのよさそうな青年は、この場所にとてもしっくり馴染んでいるが、自分は違う。

しかし、今まさに自動ドアを抜けようかとしたそのとき。

背中に視線を感じ、恒成はつと立ち止まった。

振り返ると、そこには、別れた場所に行儀よく立ったまま、こちらをじっと見つめている春の姿があった。

目が合うとはにかむように笑み、少し迷うような仕草を見せた後、まるで親しい相手にするように軽く手を振ってくる。

途端、恒成は自分の耳がじわりと熱くなるのを感じ、内心大きく狼狽《ろうばい》した。

たかが手を振られたぐらいで、何をこんなに焦っているのか自分でもよくわからない。

彼は男で、しかも自分とはまるで縁のない生活をしている相手なのに。

確かに顔はちょっと綺麗だし、雰囲気も悪くはない。が、だからといって男にドキドキさせられる謂《い》われはないはずなのに。

恒成は仕事柄、見た目を売りにしている男や女を何人も目にしてきた。中には、「これで男か」と唸《うな》らされるほどの美形もいたし、そういう相手にからかい半分にしなだれかかられたこともあった。

それにはまったく心を動かされなかったのに、今はただ手を振られているだけで、鼓動が速くなってしまっているのがわかる。

疲れているからだろうか。

それともあまり会うことのない——はっきり言えば初めて会うタイプの男と二度も遭遇したせいで、どこか自分のペースを乱されてしまっているのだろうか。

(両方だ、きっと)

恒成は自分に向けて呟くと、じっとこちらを見ている春に向け、「早く部屋へ行け」と軽く顎をしゃくってみせる。しかし春は「ここにいます」というように首を振るばかりだ。

どうやら、恒成を見送るつもりらしい。

離れていてもわかるほどの、汚れのない澄んだ瞳にじっと見つめられ、恒成は居心地の悪さにフイと顔を逸らす。

しかしその背には、春からの視線を感じたままだった。

◆
◆
◆

「これでよし——と」

机の上に雑多に積まれていた書類をまた一つ片付けると、恒成はキーボードから手を離し、ふうっと息をついた。

まだまだ未処理のものも残っているが、この分なら今日中に片が付きそうだ。

書類作りも仕事のうちだとわかってはいるが、身体を動かすことに比べればどうも性に合わない。

とはいえ、これもまた大切な仕事。ミスや遅れで周りに迷惑はかけられない。

仕方ないか、とひとりごち、大きく伸びをすると、恒成は時間を確認した。この後は会議が一つ予定されている。時間まであと十五分ほどだ。

（コーヒーでも買ってくるか……）

気分転換に一息入れようかと考えたとき。

ふと巡らせた視線が、机の上の携帯を捕らえる。

「……」

恒成は黙ったまま、その壊れている携帯を取り上げた。

自分のものではないこの携帯は、春の携帯だ。昨日、春が落とした際、恒成も一旦手にしたのだが、そのとき、返すのを忘れて持って帰ってしまったものだ。

仕事帰りにホテルへ持って行って返すつもりだが…春は困っていないだろうか。怒られていないだろうか？

手の中でそれを弄びながら、恒成は昨日の出来事を思い返していた。

突然家にやって来た春。思いがけない再会。そしてあの音楽……。

恒成は昨夜、自宅のパソコンで春のことを調べた。それによれば、彼は思っていた以上に有名なピアニストだった。

子供のころから有名なコンクールを総なめにし、満を持してのデビューでは期待以上の評価。

それからというもの、コンサートのたびに絶賛の評が後を絶たず、彼の公演は数あるクラシックコンサートの中でも、もっともチケットが売れると有名で、名実ともに将来を嘱望されている音楽家の一人のようだ。

しかもそれだけでなく、彼は慈善事業にも熱心で、コンサートのたびにその土地の学校に赴《おもむ》き、生徒たちに無償で音楽を聴かせているという。

品がよく優しげな面差しや、のんびりとした口ぶり、屈託のない振る舞いだけでもただ者じゃない雰囲気を漂わせていたが、どうやら彼は本当に別世界の住人らしい。

(別世界の住人、か……)

恒成は、目の前の書類と騒々しい室内を見回し、改めてそう感じると、胸の中で呟く。

だがそう思っている一方で、昨日から繰り返し春のことを思い返してばかりだった。

あまりに自分と違うタイプだから、今まで会ったことのないタイプだから、気になってしまうのだろうか。

あの佇まいを。声を、あの笑顔を。

(つたく――)

恒成は再び頭の中と胸の中を占め始めた春の面影を振り払うように頭を振ると、手にしていた携帯電話を放るようにして机の上に戻し、コーヒーを買おうと財布を取って立ち上がる。しかしそのとき、

「――真田、電話」

斜《はす》向かいに座る同僚の長岡《ながおか》から声がかかった。

「松下《まつした》とかいう男だ」

「松下？」

「ああ。二番な」

「……」

恒成は点滅している電話を見つめたまま、軽く首を捻《ひね》った。

覚えのない名前だ。

それに最近は、直接のやりとりは携帯電話が主になっている。恒成が懇意にしている記者や情報屋のような男とのやりとりも、普段は携帯を使ったものだ。

まったく知らない相手から、はっきり名指しで電話がかかってくることは珍しく、恒成はやや警戒しつつ受話器を取った。

「――はい。代わりました。真田ですが」

『どうも。雛月春のマネージャーをしている松下といいます』

聞こえてきた声は固く、あまり抑揚のないものだった。

だが、春の名前と「マネージャー」という単語に、恒成は反応する。思わずぎゅっと受話器を持ち直すと、「松下」と名乗った男は静かに続けた。

『用件を申し上げます。携帯電話を返して頂きたい。そちらの署の前にいますので、持ってきて頂けますか』

急いでいるのか、元々そういう質《たち》なのか、一方的な早口で松下は言うと、『それでは』と電話を切ろうとする。

「ちょっ――ちょっと待てよ！」

慌てて恒成は、それを引き留めた。

「署の前ってどういうことだ。あんた、近くにいるのか」

『ええ。その必要が生じてしまいましたのでね。話ならあとで聞きますから、早く携帯を持ってきて下さい』

そして今度こそ、電話はぷつりと切れる。

恒成はゆっくりと受話器を下ろしながら、唖然とせずにいられなかった。

『雛月春のマネージャー』――。

まさかそんな相手から電話がかかってくるとは思わなかった。しかもあの一方的な話しぶりは……。

恒成は困惑しつつも再び携帯を取り上げると、それをまじまじと見つめた。

春の携帯。

彼の名残。

返しに行く前に、マネージャーが取りに来るとは。

（やっぱり過保護だな）

だが、取りに来たと言われれば返さないわけにはいかない。

恒成は会議までの時間を再び確認すると、

「長岡さん、ちょっとだけ出てきます。会議までには戻りますから」

早口で言い置き、急いで部屋を出る。

本当は会議前にこんな風にばたばたしたくはないが、あのせっかちそうな声から察するに、すぐに持っていかなければ一層面倒になるだろう。

恒成は右手に携帯電話を持ったまま正面玄関を出ると、辺りに気を配りながら階段を駆け下りる。

すると道の右側から、いかにも神経質そうな外見の、一人の男が姿を見せた。

歳は恒成と同じぐらいだ。背も同じだが、彼の方が痩《や》せている。糊《のり》の利いた薄いブルーのシャツに、レジメンタルのネクタイ。ピンストライプの細身のスーツ。髪も丁寧に整えられ、銀縁の眼鏡は男の理知的な面差しにとても似合っているが、同時に、彼を過分なほど神経質にも見せている。

（こいつか）

一目でそう察し、恒成が男の方を向くと、彼は恒成にも負けず劣らずの不躾《ぶしつけ》な視線を向け、無言のまま手を差し出してきた。

握手——ではない。

さっさと携帯を渡せ——そんなところだろう。

もちろん返すつもりで持ってきていたが、その横柄な態度に軽い苛立ちが込み上げる。

恒成は、手を伸ばしても携帯電話を渡せない程度の所で足を止めると、

「あんたが松下さんか」

形式だけの不必要な質問をしながら、再度男をねめつけた。

改めて見ても、やはりムシの好かない顔だ。慇懃無礼《いんぎんぶれい》さが全身から漂っている。

（こんな奴が春のマネージャー？）

春とはまるでタイプが違うようだが、本当だろうか。

視線で答えを促すと、彼は慣れた仕草で背広の胸ポケットから名刺入れを取り出し、その中から一枚を恒成に差し出してきた。英語の名刺だ。そして彼は大仰にふーっと溜息をついて言った。

「いきなりご連絡差し上げたことは謝罪しましょう。ですがこちらも急いでいるのです。その、手に持っているものをさっさと渡してもらいましょうか」

「あいつがあんたに『取りに行け』って言ったのか？」

手の中で携帯電話を弄《もてあそ》びながら、恒成は今度は本気の質問を松下にぶつける。静かな苛

立ちが、徐々に募っていく。もし答えがイエスなら、春に対する印象も、昨日までとは変わりそうだ。

　だが松下は「まさか」と肩を竦《すく》めて苦笑した。

「あの子はなくしたことにすら気付いていませんよ。元々携帯電話は使いませんからね。ですが、使わないものでも、それは大切なものです。中は見ましたか」

「壊れてるんだ。見られない。もし壊れてなくても見るわけがないだろ。失礼な奴だな、あんた」

　不躾な松下のもの言いに恒成が不快も露《あらわ》に言うと、彼は「失礼」とすぐに謝る。だがその態度や口調は、余計に苛立ちを煽《あお》るようなそれだ。恒成はますます目を眇《すが》めると、目の前に立つ男を睨む。

　すると松下は、そんな恒成を馬鹿にするようにふんと鼻を鳴らし、携帯に視線を移して続けた。

「見てないならいいでしょう。実はそこには、世界中のＶＩＰの私的な連絡先が山のように詰まっているのですよ。他でもない、みんな春のファンの方々です」

「……」

「ですから、それはこちらの手元にないと困るものなんです。たとえ壊れていても、取り出そうと思えばデータを取り出せますからね。春にもそれは何度も言ってるんですが、彼はどうも……普段は少し注意力が散漫で」

そして松下は、思わせぶりに僅《わず》かに苦笑する。春との親密さを匂わせるような、まるでこちらに当て付けるかのようなその様子は、恒成の胸をますますを苛立たせる。

恒成は手にしている携帯を一度ぎゅっと握り締めると、

「ほらよ」

無造作に放り投げるように、松下に返した。

「……だったら、首から鎖ででもぶら下げさせてたらどうだ」

苛立ちのままそう付け足すと、胸の悪さに眉を寄せながら踵を返す。

いったい、なんだっていうんだこの男は。

しかしそうして舌打ちしながら署に戻りかけたとき。

「それから、今後一切は春と関わらないで頂きましょう」

そんな恒成の足を止める、松下の声がした。

振り返ると、彼は神経質そうに眼鏡の位置を直す仕草を見せ、明らかに侮蔑《ぶべつ》の混じった表情で続けた。

「あの子は優しいし、初めての日本なので気が緩んでいるのでしょうが……本当ならあなたのようなただの刑事が側に寄れるような子じゃない。彼は特別なんです。生まれも育ちも、持っている才能も可能性も見た目も何もかも――」

「言っておくがな」

次の瞬間、恒成は、一方的にぺらぺらと捲《まく》し立てる松下の声を遮ると、低い声音で言った。

さっきまでは、いっそ怒鳴りたい気分だった。けれど今はキンと頭が冷めていて、怒りも度を超すとこうなるのかと新たなことを知る。

恒成は松下を睨んだまま、静かに続けた。

「俺は、一度も、あいつの側に寄りたいなんて思ったことはない。あいつがあんたになんて話したか知らないが、一昨日はあいつに仕事の邪魔をされたし、昨日はあいつが勝手に俺の家に上がり込んでたんだ。こっちだって、あんな世間知らずのぼーっとした、道もろくに歩けないような奴と関わり合いになりたくはないんだ。あいつをそんなにお姫様扱いしてるんなら、それこそ始終べったりひっついて、しっかり管理したらどうだ。巻き込まれて迷惑してる俺に文句を言って、釘を刺す暇があるんならな」

そして踵を返すと、恒成は今度こそ後ろも見ずに署内へ戻る。

時間を確認すれば、会議まであと二分もない。

急ぎ足で会議室に向かいながら、恒成は松下の顔と、今しがた話したこと、そして春のこと全て忘れようと、大きく頭を振った。

何が「彼は特別」だ。

改めて念を押されるまでもない。

一昨日も昨日も偶然がなければ出会う相手じゃないことは、会った恒成自身が一番よくわかっているのだ。

なのにわざわざ、したり顔で忠告に来たあの男に、あとからあとから憤りが込み上げる。

「わかってんだよ、そんなことは」

吐き捨てるように呟くと、恒成はその苛立ちをぶつけるように、階段を駆け上がる。

わかっていたこと。わかっていたつもりのこと。

なのに第三者に指摘されれば、どうしてかこんなにも苛ついてしまう自分に、大きく顔を顰めながら。

◆
◆
◆

しかし、その翌日。

恒成は松下にあんな啖呵《たんか》を切ったにも拘わらず、再び春と話すことになってしまった。

なんと、他でもない春本人から職場に電話がかかってきたのだ。

しかも、彼は今日、これから恒成の家に来るつもりらしい。

突然の話に、恒成は狼狽えずにいられなかった。

「ちょっ――ちょっと待て。お前、いったいなんなんだ。なんで急に電話してきて、人の家に来るとかいう話をしてるんだ。もう来るなって言っただろう。お前も『迷惑かけてすみません』って言ってただろう。あの言葉は嘘か？」

辺りには同僚も上司もいる。しかし恒成は、思いがけない話の展開につい上擦った声を上げてしまう。

そもそも、電話に出てしまったのが間違いだった。松下に言われたように、関わり合いになるべきではなかったのだろう。

だがあの男の言うとおりにするのはなんだか癪《しゃく》で、「雛月って人から電話だぞ」と言われたときに、思わずそれを受けてしまった。

昨日の今日で、いったいなんのために電話をかけてきたのだろうかという興味もあった。

しかしまさか、「家に行く」と言われるとは。

しかも彼は、携帯のことにも松下のことにも触れてこない。

ということは、春は、昨日松下が恒成のもとへやって来たことは知らないのだろうか。

考えている恒成の耳に、懸命さの滲《にじ》んだ春の声が流れ込み、彼を現実に引き戻す。

『嘘じゃありません。でも、悠斗くんと約束したんです。あのピアノ、いいものですけど随分調律してないでしょう？　次に会うときには、調律の専門の人を連れてくるからって約束したんです。僕を助けてくれたお礼に。それで、今日なら調律師さんの都合も僕の都合もいいので』

「礼なんかいい。だから来るな。調律なんか必要ない。あのピアノはもう誰も弾かないんだ」

恒成は、ずっとそのピアノを避けていた悠斗を思い出しながら言う。そして、早く電話を切ろうとしたが、返ってきた言葉は意外なものだった。

『悠斗くんは弾きたいって言ってました』

「え？」

驚きに、声が掠れる。

自分でもそれとわかるほど動揺していた。悠斗がそんなことを？

黙ってしまうと、春は恒成の異変に気付いたのか、少し声を落ち着けて続ける。

『一昨日、そう言ってました。「本当は弾きたいんだ」って。「母さんが教えてくれた曲を、また弾いてみたいんだ」って』

「…………」

苦いものが、胸の中に満ちていく。

悠斗はそんなことまでこの男に話していたのか。兄である自分には、決して打ち明けなかった胸の内を。

そう思うと、自分の兄としての役割に自信を失いそうになってしまう。

兄弟二人きりになってからというもの、両親がいないせいで引け目を感じることのないように、と、なんとか周りの友達たちと同じような生活をさせるように頑張ってきたつもりだ。ときには、近所の人たちの世話になりながらも、悠斗を守らなければという思いもあって働いてきたつもりだ。

そのため、どうしても家を空けている時間が長くなり、コミニュケーションが充分にとれていないと感じることもあった。それでも、休みのときはなるべく一緒にいるようにしていたし、悠斗もわかってくれていると思っていたのだが。

(そうじゃなかったというわけか)

思っていた以上に、彼を寂しく、そして一人にしてしまっていたようだ。

柔らかで話しやすい雰囲気を持っているとはいえ、会ったばかりの春に、そんな想いを打ち明けてしまうほど。

おそらく悠斗は、ずっとそんな風に考えていたのだろう。

ピアノを見たくないと言いながらも、隠していながらも、心のどこかでは触れてみたい、弾いてみたい、と。

だがそんな弟の想いに、自分は気付けなかった。

（兄失格だな）

自嘲気味の笑いが漏れる。

と同時に、子供ながら頑《かたく》なに自分の本音を隠していた悠斗から、それを引き出した春に驚かされた。どことなく優しい保育士を思わせる雰囲気の春だから、悠斗も話してしまったのだろう。

見事な演奏のせいかもしれない。

恒成ですらしばらく動けなくなるぐらい感激したのだ。それ以上に音楽が好きだった悠斗にしてみれば、堪らなく胸を打たれたことだろう。その相手になら、ついぽろりと気持ちを吐露してしまうのもわかる。

だがそこまで考えたとき、恒成は昨日のことを思い出した。

松下と話した件だ。

もう関わるなと言われた件。

恒成はしばし考えると、迷ったものの、その件を春に伝える。もし自分と会うことで春が松下に怒られるようなら、断固として会うのは断ろうと思ったのだ。

しかし、春は恒成の話に絶句すると、やがて、『全然知りませんでした……』と小さな声で呟くように言った。

『僕、携帯のこと、すっかり忘れてました。まさか松下さんが真田さんに会いに行ってたなんて……。で、でも——僕は真田さんとまた会いたいと思ってます。たくさん迷惑をかけちゃったから、真田さんはもう会いたくないかもしれませんけど……でも僕は会いたいです。だから、松下さんの言ったことは忘れて下さい。僕は怒られたりしませんし、彼に会ったらきちんと話をします。失礼なことをして、本当にすみません』

必死な声と言葉は、彼が本当に何も知らなかったのだろうということや、彼の心からの謝罪を伝えてくる。

恒成は受話器を持ち直し、少し間を空けると、

「あいつとは、長い付き合いなのか?」

なるべくさりげない口調になるよう気を付けながら尋ねた。

自分には関係のないことだとわかっていても、訊かずにいられなかったのだ。

すると春はやや戸惑っているような沈黙の後、『はい』といつものような素直な声で言った。

『長い…と思います。僕があちこちに演奏会に行くようになってすぐ父がつけてくれた人なんです。だから…僕のキャリアと同じぐらいお世話になってる人です』

「……」

『僕、スケジュールの組み方とか契約のこととかがよくわからなくて。勉強しようかと思ったこともあったんですけど、それよりピアノを練習した方がいいって言われて、僕もそ

の方が楽しかったから、それ以外のことは全部松下さんに任せてるんです』

「家族ぐるみのお付き合い、ってわけか」

『松下さんのおじさんが、父のマネージャーだったんです。僕の父はアメリカで指揮者をやっていたので。それで……』

説明の声がどこか遠くに聞こえるのは、春が戸惑いながら話しているせいだろうか。それとも、「やっぱり自分とは違うんだな」と感じてしまった、恒成自身のせいだろうか？

以前、インターネットで彼については調べたため、彼の両親のことも知っている。だが、本人の口から直接聞くと、二人の間にある溝が、一層深く大きくなる気がする。

恒成は一つ息をつくと、ぎゅっと目を閉じる。そして目を開けると、目の前にいる相手に話すようなまっすぐな声で言った。

「お前の家族のことも、あの松下って奴のこともわかった。昨日のこともういいさ。だが家には来ないでくれ」

『えっ？』

「迷惑だ。悠斗には俺から話しておく。お前の仕事が忙しくなったとでも言っておけば、あいつは納得する」

『ダメです！　そんなの！』

「いいから来るな」

『ダメです！　勝手に約束を破らせないで下さい』

「迷惑だって言ってるんだ！　お前の都合なんか知るか！」

思っていたよりも強硬な態度に、恒成もつい声を大きくしてしまう。きっぱり断れば素直に引くと思っていたのに、あんな見た目にも拘わらず、随分強情だ。

しかも気付けば、周囲の同僚たちからの視線は、あからさまに「興味津々」といったものになっている。

見せ物になりつつあることに耐《た》えられず、

「とにかく、いいな」

恒成はそう言って電話を切ろうとする。

だが、

『嫌です』

耳から受話器を離す直前、思いがけないほど強い春の声が聞こえ、恒成は思わず手を止めた。

今の声は、本当にあの男のものか？

想像していなかった気の強さに、恒成が戸惑い、つい反応が遅れた刹那、

『連絡したんですから、行きます』

頑なな、芯の強さを感じさせる声が再び耳に続く。

「……」

その瞬間、恒成は困惑しつつも、不思議な感激を覚えていた。

胸の奥の方を、ぎゅっと刺激されたような気分だ。

道に迷ってばかりで歳に似合わないほど世慣れていなくて、見るからにおぼっちゃんだった春の新しい一面を知れたことが、どうしてかやけに嬉しい。

「お前…結構強情だな。おとなしそうな顔してるくせに」

だからついつい軽口めいた言葉で言うと、春もそれに気付いたのだろう。

『これでも、ステージでは一人で頑張ってるんですから』

と、どこか芝居がかった口調で笑いながら言い返してくる。

その茶目っ気に、恒成は、自分の胸がますます弾むのを感じた。

霞《かすみ》を食べているに違いないと思っていた青年に、人間くさい一面もあるのだと知れ、自然と頬が緩む。

彼も強い口調で話したり、我を通そうとしたりするのだということを身をもって知ったことで、遠いと思っていた春との距離が、少し縮まったような気にさえなる。

恒成は、知らず知らずのうちに微笑みを浮かべると、

「一人で来られるのか？」

再び受話器を持ち直し、その向こうにいる青年にからかうように尋ねた。

数分前とはまったく気分が変わっていることが自分でもわかる。

それが奇妙でおかしく、だが嫌な心地はしないことを感じながら答えを待つと、電話の向こうからは『多分……』と不安そうな声が返る。

恒成は小さく微笑むと、「わかったよ」と春の来訪を許した。

「ただ、もう一度、悠斗に確認してからにしてくれるか。あいつ、日によって帰る時間が違うんだ。電話番号を言うから、もう少ししたらかけてみてくれ」

『わかりました！』

途端、恒成の耳には、明るく弾んだ春の声が流れ込んでくる。

恒成は春に自宅の番号を伝えながら、その声の心地好さを噛み締めていた。

◆

恒成が帰宅したのは、翌朝だった。帰る間際に起こった事件のせいで、徹夜を余儀なくされたのだ。

それでも、事件が一応の解決を見たことにはほっとする。

恒成はいつものように自分で鍵を開けると、朝の冴えた空気の中、靴を脱ぎ、茶の間へ足を向けた。

午前六時前。悠斗はそろそろ起きてくるぐらいか。

恒成は二階を気にしながら、努めて静かに台所へ向かい、牛乳を飲んだ。

本当ならさっさと風呂に入って肩に湿布でも貼ってすぐに一眠りしたいが、それは悠斗が学校に行くのを見送ってからにしよう。春が来た話も聞きたいし、調律のことも、ピアノをまた弾きたいと言っていたらしいことについても、少し話をしておきたい。

「調律の金のこともあるしな……」

からになったグラスをシンクに置くと、恒成はぽつりと呟いた。

いくらかかるかわからないが、やってもらってそのままというわけにはいかないだろう。あまり高くなければいいが、ピアニストの春が連れてくるような専門家なら、相場より高いかもしれない。

不安になりつつも、恒成は思い立ってピアノのある廊下へ足を向けた。

昨日のあの電話から二時間後、春から再び電話があった。今度は携帯電話にかかってきたのだが、悠斗と連絡が取れ、やはり今日恒成の家に行くことになったという知らせだった。

約束を守った春の義理堅さに好感を抱きつつ、「頼む」と返事をしたのだが……どうなっただろう。

しかし、ピアノまであと少しというとき。その手前の部屋に人の気配を感じ、恒成は驚いて足を止めた。

ピアノが置いてある廊下の突きあたりに一番近い、庭に面した六畳ほどの和室は、生前、両親が使っていた部屋だ。

だが今は、掃除のとき以外誰も足を踏み入れていないのに。

緊張しつつそっと障子を開け——。

次の瞬間、恒成は一層驚いた。

なんとそこには、春と悠斗が眠っていたのだ。

春が着ているのは恒成のパジャマだろう。全体的に大きいせいで、中で身体が泳いでいるのがわかる。

あどけない寝顔は、起きているときよりも一層彼を少年ぽく見せている。

だがどうして彼が、そして悠斗がここで寝ているのか。

(ひょっとして、また悠斗が……?)

考える恒成の目に映るのは、無防備に眠る春の姿だ。

悠斗の傍らで眠っている様子は、まるで子供が二人いるかのようだ。

規則正しい寝息。眠っているときも、彼は幸せそうに微笑んでいる。

さらさらとした髪は、朝の光の中微《かす》かに金色がかって煌《きら》めいて見える。

「……」

恒成は思わず手を伸ばすと、その髪にそっと触れた。

自分のものとも、悠斗のものとも違うそれ。細くて柔らかなそれは、心地好く指を滑る。

しかし、そのままそっとかき上げようとした寸前。

「ん……」

春が身悶《みもだ》えしたかと思うと、鼻にかかった声を零した。

慌てて、恒成は手を引く。と同時に、自分のしていたことに大きく狼狽えた。

自分は一体、何をしていたのか。何をしようとしていたのか。

子供っぽく可愛らしかったからつい——と言い訳したいところだが、目の前に横になっている彼は大人だ。たとえ、少年のようにほっそりとしていても。

恒成は眉を寄せると、自分の行動についてなんとか上手い理由をつけようとする。だがそれが完了する前に、春が目を覚ましてしまった。

「う……ん……」

ふっくらとした唇から零れる、吐息とも譫言《うわごと》ともつかない掠れた声。

猫のようなしなやかな身体が身じろいだかと思うと、長い睫が微かに動き、瞼《まぶた》がふっと上がった。現れる、潤んだような大きな瞳。

思わず息を詰めて見つめていると、そんな恒成の視線の先、春はしばらくぼんやりした表情を見せたのち、びくっと慄き、大きな目をさらに大きく見開いた。

「さ、真田さん!?」

次いで弾かれたように跳ね起きると、慌てた様子できょろきょろと辺りを見回し、みるみる真っ赤になっていく。

「すみ、すみません！　僕——その——悠斗くんを寝かしつけたらお暇《いとま》するつもりで……」

「……」

「パ、パジャマも洗ってお返ししますので」

「——いいよ」

恒成は畳に腰を下ろすと、苦笑しながら頭を振った。

「どうせまた悠斗が引き止めたんだろう。そんなに気にしなくていい」

しかし、春はまだ不安そうな様子だ。一言零すと、彼はそっと窺うような上目遣いで恒成を見つめてくる。

「でも……」

恒成は彼に対する今までの自分の態度を顧み、少しだけ反省しつつ「いいから」と繰り返す。

するとと、春はしばらく恒成を見つめ、「本当ですか？」と小声で尋ねてくる。

恒成が頷くと、やがて、ほっとしたように微笑んだ。

肩の力が抜けたようなその柔らかな貌に、どうしてか恒成の胸がドキリと鳴ったとき。

「……兄ちゃん……？」

眠っていたはずの悠斗が、ぼんやりとした声を上げ、もぞもぞと起き出した。

くしゃくしゃの髪のまま半身を起こすと、何度も目を擦りながら恒成を見つめてくる。

次の瞬間、悠斗ははっと気付いたように春にしがみ付くと、恒成に向けて上擦った声を上げた。

「あのね、あのね、僕が『一緒にいて』って頼んだんだ。だからハルを怒らないで！」

寝起きだからか、まだ上手く舌が回っていない。にもかかわらずそうして春を庇う悠斗の様子に、恒成は苦笑せずにいられなかった。

と同時に、自分の先日の態度は余程怖かったのだろうと改めて思い知る。

（やれやれ）

恒成は苦笑すると、悠斗の髪を優しく撫でる。

必死な面持ちを見せている弟を宥《なだ》めるように微笑むと、「わかってる」と柔らかく言った。

「そんなことだろうと思ってたんだ。だから心配するな。それより、そろそろ学校に行く支度を始めた方がいいんじゃないか？　顔洗って着替えてこい」

「……」

「そんな顔しなくても、お前がいなくなってもこいつを怒ったりはしないさ」

「……本当？」

「本当だ。朝はパンでいいか？」

「うん！　パンと目玉焼きがいい！　目玉焼きは二個がいい！　あとウインナー」

「わかった。じゃあほら――洗面所で顔洗ってこい」

そしてくしゃっと髪をかき混ぜてやると、悠斗は「うん！」と大きく元気に頷き、勢いよく立ち上がると洗面所へ駆けていく。

その様子に笑うと、恒成は改めて春に目を向けた。

「悪かったな。悠斗が無理言って」

謝ると、春は「そんな！」と、大きく頭を振った。

「無理を言われたなんて思ってません。ピアノのことや学校のことをいろいろ聞けて楽しかったです」

「……そうか」

一呼吸置いて、恒成は深く頷いた。おそらく、それだけ悠斗は寂しかったのだろう。

しかしふと、そこで気になった。

春がこの家に泊まった事情はわかった。だが、それはきちんと連絡済みなのだろうか。

恒成は松下の神経質そうな表情と、棘《とげ》のある口調を思い出しながら、春に尋ねる。

「それより、一つ確認したいんだが。昨日ここに泊まったことは、あの松下って奴には連絡したのか？」

「はい。ええと……一応」

「よく許したな」

恒成がやや驚きつつ言うと、春は軽く首を傾げる。

「許してくれたかどうかは……」

「ん？」

引っかかる物言いだ。

恒成が目を瞬かせると、春は気まずそうな小声で言った。

「その…『ホテルには戻らないかもしれない』って話しただけで切っちゃったので……」

「え……」

「言ったら連れ戻されるんじゃないかと思ったんです。それは嫌で……」

その声や表情は、まるで悪戯《いたずら》をおずおずと打ち明ける子供のようだ。

恒成は思わず小さく吹き出してしまった。

きちんと松下の言質《げんち》を取らなかったことは不安だが、それ以上に、あのスカした男が春の反抗にあったと思うと笑いが零れる。

「まあ——それだけ言ってれば充分だろう」

不思議そうな顔をしている春に笑いながら言うと、春もゆるゆると笑顔を見せる。

そしてぐるりと部屋を見回すと、ふわりと微笑んだ。

「こういう日本的な部屋に憧れてたんです。だから、泊まれて凄く嬉しかった……」

しみじみと言うその声は、彼の感じた嬉しさがこちらにまで伝わってくるかのようだ。

恒成は胸が温かくなるのを感じながら微笑み返すと、「着替えが終わったら茶の間に来いよ」と言い残し、朝ご飯を作るため、和室をあとにした。

◆

「ところで、ピアノの方はどうなった」

久しぶりに兄弟以外も加わった食事を終え、悠斗を学校に送り出すと、恒成は改めて春にそう切り出した。

湯気の上る湯飲みが二つ置かれたちゃぶ台の向こう。春は綺麗に背筋を伸ばして座っている。

朝食を食べていたときもそうだった。

初めての日本だと言っていたからどうかと思っていたが、和食は食べ慣れているのか箸の使い方も上手で、恒成は密かに目を丸くしたものだ。

そんな春は、恒成の言葉に軽く首を傾げた。

「どうなった、というと……」

「調律だよ。終わったのか」

「あ——はい。終わりました」

屈託のない笑顔は、さっき恒成が作ったハムエッグを美味しそうに食べていた顔を思い出させる。

安いハムと特売の卵で作った、ごくごく普通のハムエッグだったのに、春は本当に美味しそうに食べたのだ。時折悠斗と視線を交わし、微笑み合いながら。

それは、仕事の疲れも一気に癒されるほどの柔らかで温かな笑顔だった。さっき見たそれをつい何度も思い出してしまいながら、恒成は続ける。

「そうか。それでその…いくらぐらいなんだ」

「え?」

「料金だ、調律の。まさかタダってわけにはいかないだろう」

「そんな。お金なんていいです」

途端、春はぶんぶんと首を振る。表情もどこか緊張気味だ。だが、恒成は続けた。

「よくない。専門家に仕事してもらったんだから、相応の金額を支払うのは当然だ」

「でも、僕そんなつもりじゃ」

春の顔はみるみる狼狽えたようなものになる。

恒成は春を安心させるようにゆっくりと微笑むと、「わかってる」と頷いた。

「お前は厚意から調律師を連れて来てくれたことは、わかってる。でも、こっちとしてはそこに甘えっぱなしになるわけにはいかないんだ。悠斗がまた弾きたいと思ってるならなおさらだ。大事なピアノだからこそ、きちんと仕事をしてくれた相手には相応の謝礼を払いたい」

「……」

「そこは甘えられないんだ。調律師の人は、ちゃんと仕事をしてくれたんだろう？」

「はい。それはもちろん」

「だったら、金を払う。払わせてくれ」

恒成はじっと春を見つめたが、彼はまだ戸惑っている様子だ。

恒成はそんな春に「来いよ」と声をかけると、立ち上がり、廊下へ足を向けた。

ピアノの前で立ち止まると、春を振り返る。

「お前も弾いてわかっただろうが、このピアノはこの間まで死んでたも同然だったんだ。大事なものなのに、触れると母親がいない辛さが吹き出しそうで…俺も悠斗も触れなかった。音も、相当狂ってただろう。そうなることもわかってて、ほっといたんだ。大事なのに何もできずに。でもお前のおかげで、ピアノは生き返った。弾いてもらえて、調律までしてもらえて……同じものとは思えないほど綺麗になってる」

言いながら、恒成はピアノのカバーをそっと捲《めく》った。

調律後、実際に目にするのは初めてだ。だが、さっき、廊下のいつもの場所にあるこれを見たときから、一目で「変わった」と感じられた。カバーが掛かっていても、その下でこれは生き返った、と感じられた。

案の定、カバーの下から現れたそれは、まるで息を吹き返した生き物のようにも見える。

母が生きていたころのようなその姿に胸が詰まるのを感じながら、恒成は春を見つめて続けた。

「だから、きちんと礼金を払わせてくれ。このピアノのためにもそうしたいんだ」

そしてしばらく見つめ合うと、やがて、春は「わかりました」と頷いた。

「金額の件、調律師さんに確認しておきます。あとで連絡しますね」

「ああ、頼む。悪いな、手間かけさせて」

「いえ」

すると春は首を振り、晴れやかに微笑み、恒成の傍らで同じようにピアノに触れる。白く長い綺麗な指は、ピアノの艶《つや》のある黒によく映える。

その対比に恒成が目を奪われていると、春は静かに口を開いた。

「このピアノ、本当にいいものですよ。確かに長く弾いてなかったのはすぐにわかりましたけど、それまではずっと愛されてたんだろうな、っていう感じがして」

「そういうの、わかるのか」

「なんとなくですけど……うーん……波長とか雰囲気とか…そういうのが『いいな』って感じるものがあるんです。逆に、どんなに高くてよく調律されているものでも、『これは僕にはちょっと……』って思うものもありますし」

「相性みたいなものか」

「そうですね。だからここへ初めて来て悠斗くんに頼まれたときも、すぐに弾けたんです。むしろ弾いてみたかったぐらいで」

「でも酷い音だっただろう」

「音の善し悪しだけを言えば、確かにいいものじゃありませんでした。でも、音楽ってそういうものじゃないと思ってますから……。あのときも本当に楽しくて……真田さんが帰って来なかったら、ずっと弾いてたかもしれません」

そう言うと、春は先日を思い出したのか、小さく笑う。

悪びれないその表情に、恒成もつい頬が緩んだ。母親が好きだった思い出のピアノをそんな風に褒められて、嬉しくないわけがない。

だからだろう。

「じゃあ、今何か弾いてくれるか」

思わずそう零してしまい、恒成は自分の言葉に自分が一番驚いた。

「あ…いや…その……」

春がピアニストだということは、嫌というほどわかっていたはずだ。そんな彼に、一体何を。

「違うんだ。その…すまない。お前があんまりこのピアノのことを良く言ってくれたものだから嬉しくなって。つい調子に乗った。身の程知らずなことを言った。聞かなかったことにしてくれ」

恥ずかしさに、全身がじわじわ熱くなるようだ。

まだ子どもの悠斗じゃあるまいし、プロのピアニストにこんなところでこんなピアノを弾いてもらおうとするなんて。

だが春は不思議なほど柔らかくにっこりと微笑むと、

「いいですよ」

と軽やかに言う。

それはまるで、すぐそこにあるものをひょいと取って渡してくれるような自然さで、恒成は一瞬、何を言われたのかわからなかったほどだ。

春は微笑んだままピアノの蓋を開けると、流れるように椅子に腰を下ろす。

「何がいいですか?」

「い、いや――ちょっと待ってくれ」

慌てて、恒成は頭を振った。

「弾かなくていい。俺が言ったことは忘れてくれていいんだ」

「どうしてですか。僕、弾きたいです」

「でも――」

「真田さんも、聴きたくないですか？　このピアノが生き返った音を」

「そりゃ……」

聴きたい。

だが、こんなところで個人的に頼んでいいような相手ではない気がするのだ。

『特別なんです』

松下の言葉が脳裏を過る。

しかしピアノの前に座っている春を見ていると、そこから無理に引き剥がすこともできなくなる。

さっきと同じ人物なのに、ピアノの前に座っている姿は一層魅力的だ。

恒成は惑ったものの、結局、「じゃあ……」と口を開いた。

「……じゃあ……頼んでいいか」

「はい！」

「曲は、なんでもいい。お前が好きなやつか……このピアノで弾いてみたいやつを弾いてくれ」

「わかりました」

春が頷くと、恒成は、ピアノの前に座る彼の姿が全て視界に収まる位置まで下がる。

廊下の柱を背に、ゆっくりと寄りかかった。

まさか――。

まさかこんなことになるとは思わなかった。

こんなことが起こるとは。

息を詰めて見つめていると、

「じゃあ、弾きますね」

と、春がこちらを向いて微笑む。恒成が頷くと、一呼吸の後、春の指がゆっくりと音を奏で始めた。

それは、聞き覚えのある曲だった。名前は知らないが、確かに聞いたことがある。

ゆっくりと穏やかで、けれど時折覗く鮮やかさが胸に響いて、音の心地好さに身を委ねながら聴いていると、いつしか引き込まれて胸を揺さぶられる。

弾いている春も楽しそうな表情を浮かべていて、まるでピアノと一緒に歌っているかのようだ。姿勢よく、けれどときに軽く揺れるようにして弾いているその様子は、柔らかな風の中の花を思わせる。

恒成は息を止め、春の奏でる宝石のような音楽を聴き、彼の姿に見入りながら、胸の奥がじわじわと温かくなるのを感じていた。

確か、以前に彼の演奏を聴いたときもそうだった。

耳だけでなく全身から音楽が流れ込んでくるような感覚。息をするのも動くのももったいなく感じて、彼の奏でる音と、それがもたらす感激に、いつまでも浸っていたくなる。

どこがどう凄いとかどんな風に上手いとか、専門的なことは何もわからないけれど、聴いているとわくわくして、それだけで幸せな気分になる。

できることなら、このままずっとずっと聴いていたくなる音楽だ。この世界と空気に身を委ねて。

だがそんな贅沢《ぜいたく》な時間も、やがて終わりを迎える。

最後の一音を弾き終わり、余韻を持って春が鍵盤から指を離すと、恒成は長い夢から覚めたかのように大きく息を零した。

「……ありがとう……」

噛み締めるようにして今の感激を伝えると、春は照れたように微笑む。

恒成は彼に近付くと「素晴らしかった」とまだ興奮冷めやらぬ声で告げた。

「音楽に詳しいわけじゃないから、どこがどう凄いとかは言えないが……。でも、よかった。感動したよ。胸が熱くなったし、ずっと聴いていたいと思った」

拙《つたな》い言葉でしか感想を伝えられないのがもどかしい――。

感激が胸に溢れすぎ、上手く言葉にできない恒成は、そう思わずにいられなかったが、そんな恒成に対し、春は素直に嬉しそうだ。

「ありがとうございます」

にっこり笑うと、そっと鍵盤を撫でる。

その仕草を見ていると、今しがた聴いた音楽が耳の奥で蘇るようだ。

恒成は満足感に再びふうっと息をつくと、引き寄せられるようにピアノを見つめた。

このピアノが、また息を吹き返すなんて思っていなかった。再びこんなに素晴らしい音楽を奏でることがあるなんて。

（こいつのおかげ……か）

恒成は、春との出会いや再会を思い出し、奇妙な縁だと苦笑する。

直後、「そうだ」と春に尋ねた。

「そう言えば、今のはなんていう曲なんだ？　なんでこの曲を？」

すると、春ははにかむように恒成を見上げて答えた。

「曲名は、『愛の夢』です。リストの」

「愛の夢……」

それはまた随分とロマンティックなタイトルだ。

だが確かに、言われてみればただ明るく華やかなだけでなく、どこか切なさも込められているような曲だった。納得する恒成に、春は続ける。

「この曲にしたのは、僕の好きな曲だからっていうのもありますけど、このピアノで弾いたらきっと素敵だろうなって思って」

「……そうか」

「はい。弾く機会をもらえて嬉しかったです」

そしてぺこんと頭を下げると、再び幸せそうにピアノを見つめる。

（本当に好きなんだな）

思わず恒成も頬を綻ばせると、春は改めて恒成を見上げて言った。

「やっぱりこれ…凄くいいピアノです。これからは、大事に使ってあげて下さいね。しまってるだけじゃなくて、弾いてあげて下さい」

「ああ、もちろんだ。悠斗もまた弾きたがってるしな。でもきみが弾いたのを聴いたあとじゃ、誰が何を弾くのを聴いても満足できなさそうだな」

まだいくらか気分が高揚していたせいだろうか。それとも春の幸せそうな顔を見たせいだろうか。

恒成は、胸の赴くまま、いつになく冗談めかしてそう言うと、笑いながらピアノに触れる。

するど突然、

「じゃあ、真田さんが弾いてみませんか?」

春が、思ってもみなかったことを言い出した。

そして春は戸惑う恒成の手を取ると、「座って下さい」と自分の隣に座らせる。

「お、おい」

恒成は慌てたが、春は恒成の手を持ったまま、にっこり笑った。

「ちゃんと聞いてるんですよ、悠斗くんから。真田さんも昔、お母さまからピアノを習っていた、って」

「そ——それは確かにそうだが、もう二十年以上昔の話だぞ。習ってた時期だって悠斗より短いし、もう何も——」

「でも折角なんですから、弾いてあげましょうよ、この機会に」

「『この機会』って……」

「きっとピアノも喜びますよ。僕が弾くより断然喜ぶと思います」

「でも俺は——」

「大丈夫です。僕も手伝いますから。連弾しましょう。猫踏んじゃったでもきらきら星でも」

「……」

「ね？」

春は言うと、大きな瞳を楽しそうにキラキラさせて見つめてくる。まるで星が煌めいているようだ。

だが恒成は思いもよらなかった事態に、いつになく狼狽えていた。

確かに、ピアノが生き返ったと聞いたとき、せっかくなら、少しだけでも弾いてみたいと思った。

悠斗がまたピアノを習いたいというなら習わせようと思っていたが、それだけでなく、自分も弾いてみたいと思ったのだ。適当に鍵盤を叩くのではなく、昔を思い出すかのように、ちゃんとした曲を。一度だけでも。

そうすれば、自分も母への想いを昇華できる気がして。

だが、ピアノに触れなくなって長い自分ではとうてい無理だろうと思っていたのに……。

思いがけない機会と提案だ。

だが本当にいいのだろうか？　彼は本気で言っているのだろうか。

恒成は自分の耳がじわりと熱くなるのを感じながら、春を見つめ返す。

彼はプロだ。なのにこんな素人と、しかも長くピアノを弾いていない下手くそと、本当に一緒に弾くつもりなのだろうか。

「……あ…あのな」

　恒成は、小さく咳払いすると、声を押し出すようにして切り出した。

「言うまでもないが、俺は下手だぞ。下手くそだ。子ども以下だ。確かに習ったことはあったが、今はドレミファソラシドだって満足に弾けるかどうか。それに曲なんかほとんど覚えてない」

「大丈夫です。一度練習したことがあるなら、指がちゃんと覚えてますよ」

「でも二十年前だぞ」

「子どものころに覚えたことは、案外忘れないものですって。やってみたら身体が覚えてますよ」

「でも…わ……笑うだろ」

「笑いませんよ」

　春は苦笑して言った。

「実を言えば、こういうの、僕初めてじゃないんです。日本ではこの間悠斗くんの小学校に行ったのが初めてでしたけど、海外では色んなところにボランティアで弾きに行っていて、そこで子どもたちや、おじいさんやおばあさんと一緒に弾いたりもするんです。だから、慣れっこですし、大丈夫です。笑ったりしませんから」

「……本当か?」

「ええ」

春は頷くと、澄んだ瞳で恒成を見つめてくる。

その瞳の柔らかさに、恒成は静かに肩の力が抜けていくのを感じた。

そういうことなら、せっかくの機会だ。少しだけでも一緒にやってみようか。

いや――。考えようによっては、これは滅多にない機会なのだ。プロのピアニストと連弾。それも母親の思い出のピアノで二人きりで…となれば、やらないのはもったいない。

それに、「彼とならば」という安堵も生まれていた。

一緒にやるのが彼だから間違えたくない、笑われたくないという想いもあるが、それと同じぐらい――いや、それよりも少し多く「彼とだから一緒にやりたい」という想いも芽生えている。

他の誰かとじゃなく、彼とだから、やりたい。

恒成は春の瞳を見つめ返したままそう確信すると、「わかった」と頷き、そろそろと鍵盤に指を置いた。

「……何を弾けばいい？」

「なんでも。手、綺麗な形ですよ」

「え？」

「真田さんの手です。弾くための綺麗な形になってますよ。やっぱり大丈夫じゃないです

「そ、そうか?」

「はい。でもできればもう少し……。ええと、触っていいですか?」

「あ、ああ」

恒成が頷くと、春の手が優しく手に触れてくる。一曲弾いたばかりだからか、指は思っていたよりも温かだ。さらさらしていて、心地好い。

だがそう感じるのと同時に、自分の手の荒れた様子がなぜか目についた。

今まではそんな風に思ったことはなかったのに、春に触れられていると思うと、荒れているのが恥ずかしくなる。

「手…汚いだろ」

「え？」

「色々こう、荒っぽいこともするからな」

「汚くなんかないですよ。男っぽくて羨《うらや》ましいぐらいです」

「羨ましいって……」

まさか、と恒成は苦笑したが、春は「本当ですよ」と言うようににっこりと見つめてくる。

そして丁寧に恒成の手の形を正してくれると、立ち上がり、くるりと恒成の背後に立った。

「手はこのままで、肩からは力を抜いて下さい。難しいと思いますけど、なるべく。力が入っているとどうしても力任せになっちゃいますから」

そして両肩に、そっと手が置かれる。恒成は狼狽えながら、なんとか頷いた。

（なんでこんなに動揺してるんだ？）

久しぶりにピアノに触れたからだろうか。人前で——春の前で弾くからだろうか？

別になんのことはない接近なのに、心臓の音がやけに大きく聞こえる。

そんな恒成の耳に、春の声が続く。

「真田さんは手が大きいから、無理しなくてもその重みだけで充分音は出ます。だから力は抜くようにして下さいね」

「わ——わかった」

辛うじて返事をすると、春が背後で微笑んだ気配がある。

そして彼は立ったとき同様、するりと隣に座ると、「じゃあ、やってみましょうか」と声をかけてくる。

恒成は深呼吸をしてなんとか自分を落ち着かせると、「ああ」と頷いた。

「『茶色の小瓶』っていうやつでいいか。あれならなんとなく覚えてる。片手だけだが」

「はい。じゃあ、その前に軽く和音を」

「は？」

「ウォーミングアップです。いきなり弾くより、ちょっと鍵盤に慣れてた方がいいですから」

「あ、ああ」

言われるまま、恒成は覚えている和音を弾いてみる。

（お）

途端、恒成は嬉しい驚きに軽く目を丸くした。

やってみると、結構覚えているものだ。しかも思っていたより楽に指が動く。鍵盤の感触が懐かしい。

恒成は数度和音を繰り返すと、春が止めないのをいいことに、試しに右手だけでドレミファソラシドを弾いてみた。

「ちゃんと動くじゃないですか」

途端、春が弾むような声を上げる。恒成もほっと胸を撫で下ろした。

「全然弾けてないけどな」

「でも、指の形は崩れないままでしたよ。ちゃんと習ってたのがわかります」

そして春は微笑み、頷くと、静かに居《い》ずまいを正す。

途端、空気が心地好い緊張を孕《はら》み、恒成も元の位置に手を戻すと、ややあって、ほとんど唯一覚えている曲をそろそろと弾き始めた。

ぎこちない、不慣れな演奏。けれど春が演奏に加わった途端、ぎこちなく子どものお遊びのようだった曲がぐんぐん豊かに姿を変えていく。

（うわっ）

その変化に、恒成は思わず胸の中で声を上げていた。

春は恒成の弾く主旋律に厚みを加えるように音をなぞったかと思えば、わざとタイミングをずらして伴奏を加え、どこかジャズ風のアレンジにしてみせる。

それでいて、あくまで主導権は恒成に握らせたままで居てくれるのだから、その技術には感心するしかない。

一度曲の最後まで弾き終えたものの、名残惜しくて思わずもう一度頭から繰り返しながら、恒成は感嘆の声を上げる。

「凄いな」

「ね。面白いでしょう？」

「ああ。でもお前、本当に凄いよ。プロ相手にこんな風に言うのは、失礼なのかもしれないけど」

「真田さんもちゃんと弾けてるじゃないですか。もしできるなら、左手も弾いてみますか？」

「え」

「さっきの和音の要領で……音が混じっても大丈夫ですから」

「わかった」

興が乗ってきたせいで、恒成もついついその気になってしまう。思い切って左手でも弾いてみると、弾けた感激は倍以上になった。

そして春はその言葉通り、恒成がミスをしても笑ったりせず、変わらずにこにこと楽しそうに弾き続ける。

失敗ばかりで曲にならないんじゃ…という恒成の心配は完全に杞憂《きゆう》に終わり、それどころか、春のフォローによって、まるでミスも味のある演奏のように聞こえるほどだ。

同じ曲を何度も繰り返し弾いているだけなのに、少しずつテンポを変えたり転調したりしてみると、二人の音が混じるたび、まったく新しい曲になるようだ。

恒成は、興奮気味に春に声をかけた。

「面白いな。昔、悠斗とやったときは喧嘩になってばかりだったのに」

「連弾、楽しいですよね。僕も大好きなんです。だからやれる機会があるときは、なるべくやるようにしてるんです。これで、ピアノを好きになってくれる人が増えたらいいなと思って」

春も、この時間を心から楽しんでいるようだ。

いつになく、柔らかで穏やかな時間。まるで子どものころに戻ったかのようなそれに、恒成は心から充足感を覚える。

しかしそのとき、腕に温かなものを感じ、恒成はっと息を呑《の》んだ。春の肩だ。

夢中になっていて気付かなかったが、そう言えばさっきから何度も彼と軽く触れ合っている。

元々、一つの椅子に並んで座っていたから、動けばすぐに触れ合う距離だったが、一度気付いてしまうと、俄《にわか》に落ち着かなくなり、その距離の近さをやけに意識してしまう。音だけでなく、腕や指の動きだけでなく、体温や香りまで通じ合ってしまうかのようだ。

「……」

自分の動揺ぶりに、恒成は大いに狼狽した。

頭では、相手は男で、触れ合うのも仕方ないことだとわかっている。なにしろ並んで座ってピアノを弾いているのだ。

だがそんな風に自分を納得させようとしても、胸の中はさっきから忙しなく騒ぎ続けているままだ。

もういい大人で、しかも相手は男。なのに、何度そう自分に言い聞かせても、鼓動は速くなるばかりだ。

（なんなんだこれは）

自分のみっともなさと、それを自分の力でどうにもできないもどかしさに、恒成は内心唇を噛んだ。辛うじて指は動かしているが、さっきまでに比べれば酷く単調だ。

楽しさよりも、苦しさの方が勝り始めている。

もっともっとこの時間を楽しみたいと思っていたのに、今は春に自分の動揺を気付かれないようにしなければと考えるばかりになってしまっている。

なんと言って止めようか。それともう、急に指を止めてしまおうか？

悩みながら、恒成は辛うじて機械的に指を動かす。

だが次の瞬間、幾重にも重なっていたはずの音が、不意に崩れる。恒成が弾く主旋律だけになったのだ。

突然のことに驚いて指を止め、傍らを見れば、前触れなしに弾くのを止めてしまった春が、耳を赤くして俯いている。

「おい、大丈夫か？」

恒成は慌てて、その肩を揺さぶった。

ひょっとして指でも痛めたんだろうか？

突き上げてくる不安に、今まで感じていた戸惑いも忘れて春の顔を覗き込むと、彼は狼狽えた様子で首を振り「大丈夫です」と小さく言った。

「指は大丈夫です。すみません、急に止めてしまって」

「いや、それはいい。それより本当に大丈夫なのか？　指じゃなくて腕とか…肩とかも」

「は、はい。大丈夫です」

「でも急に止めたって言うことは何かあったんだろう。すまない、その…あまり楽しくて……ちょっと調子に乗った。無理させたな」

「いえ……！」

すると、春は再び大きく首を振る。恒成の目をじっと見つめてくると、「謝ったりしないで下さい」と懇願するような声音で言った。

「僕だって、楽しかったんです。だからそんな風に言わないで下さい」

「あ、ああ。でも――」

「きゅ、急に止めちゃったのは、その、用事を思い出したからです。でも、それも違ってましたから大丈夫です」

「？」

「あの、ええと……こ、恒成さんって、逞《たくま》しいですよね。肩とか腕とかも男っぽくて、なんだか羨ましいです」

「……」

それは、さっきも聞いた気がする。

恒成は首を捻った。

いったい何に混乱しているのか、春の言葉はいつになくしどろもどろだ。

彼は「大丈夫です」と繰り返すが、やはり大丈夫ではなかったのかもしれない。恒成は彼を引き止めてしまったことが気になった。

ひょっとしたら、松下にきちんと許可を取らなかったことを気にしているんじゃないだろうか？

恒成はそう考えると、立ち上がり、「そろそろ帰った方がいい」と春に促した。

「随分引き止めたけど、もう戻った方がいいだろう。お前も、コンサートの準備とか練習とかあるんだろう？」

「それは……。でも僕は――」

「大通りまで送る。そこでタクシー捕まえてやるから、乗って帰れ」

そして先に立って玄関へ足を向けると、まだ渋るような様子を見せていた春も、ゆっくりと立ち上がる。

どこか肩を気にするような仕草を見せながら、「わかりました」と頷いた。

◆

「じゃあ、気を付けて帰れよ。運転手さん、さっき言ったホテルまでお願いします」

後部座席に収まった春と、気のよさそうな運転手の両方に声をかけると、恒成はタクシーの中に上半身を突っ込むようにしていた姿勢を戻す。

自宅近くの大通り。本音を言えば、このまま春を帰してしまうのは名残惜しかった。

思い返せば、自分の気持ちの変化に驚くばかりだが、今はもう少し彼といたい気分だ。

だが、彼は日本に遊びに来ているわけじゃない。いつまでも引き止めてはおけない。

恒成はタクシーから離れると、歩道側に二、三歩下がる。しかしそうして見送ろうとした寸前、

「あの！」

声とともに、春がタクシーの中から転がるように姿を見せた。

「おい、何やってるんだ」

慌てて恒成が声を上げると、春は必死な様子で近付いてきた。

「ちょっ、ちょっと待って下さい。あの、帰る前に言っておきたいことがあって」

「？」

そんなもの、タクシーを捕まえるまでに言えばよかったのに。

家を出てここへ来るまでいくらでも話す時間はあったはずだ。なのに、その間は春はずっと無言だった。

ずっと何も言わなくて、ただたまにそっと自身の肩に触れていて……。だから、やっぱ

り痛めたのだろうかと恒成は気にしたのだが、春は頑なに「それは違う」と言い続けた。

だがひょっとして、やはり悪くしたのだろうか。それを今打ち明ける気だろうか？

じっと見つめて、恒成は春の声を待つ。

すると春はしっかりとした顔で恒成を見上げ、言った。

「あの、コンサートに、来て下さい」

思わぬ言葉だった。

戸惑う恒成の前で、春はまた自分の肩に触れると、軽く自分を抱き締めるようにしながら続ける。

「三日分、悠斗くんと二人分のチケットを送りますから」

その声も、瞳も、聞く方が戸惑ってしまうほど真剣だ。

「……」

恒成は春の言葉に――彼からの誘いに、驚きを感じずにいられなかった。

恒成は春を見つめると、胸に湧いた疑問をそのまま口にした。

「なんだ、急に。俺はピアノのコンサートなんて場違いだろう」

「そんなことありません！　さっきだって凄く楽しかったですし、その…僕の日本での初めてのコンサートですから、真田さんに……恒成さんに聴いてもらいたいんです」

「！」

思いがけず名前で呼ばれ、一層驚く。鼓動も忙しなくなり、恒成は思わずぎゅっと拳を握り締めた。

「俺なんかに聴かせてもしようがないだろう。俺はピアノのことなんて、てんでわからないんだし……。それとも何か？　俺みたいなタイプは珍しいから、だから好奇心で誘ってるのか」

自分の言い回しが、必要以上の卑下《ひげ》にまみれているのは自分でもわかっていた。だが、そうでもなければ、どうして春がそこまで言うのかわからない。

確かに、今日は思いがけず楽しい時間を過ごすことができた。夢のような経験をすることができた。けれどこれは偶然が偶然を呼んだだけで、決して「普通」のことじゃない。

春の意外な頑なさや茶目っ気に触れたことで、彼にも自分と同じような一面もあると知った。

まったく違うと思っていた彼が、少し近付いた気がした。けれどそれはあくまで「一面も」であり「少し」だ。

元々の立ち位置が大きく違っているから——元々の住む世界がまったく違っているから、ほんの少し近付いただけでも「近付いた」と感じるのだ。

先刻、春とともに家から大通りまでの道を歩きながら、恒成はずっとそう考えていた。

今日のようなことは二度とないだろう。だからこの思い出は大切にしよう、と。

送ってしまえば、彼はまた違う世界の住人になるのだから、と。

だが春は、そう思う恒成とは裏腹に、今もまだ自分と恒成の住む世界を地続きにするかのようなことを言う。

戸惑いつつ見つめると、春はそんな恒成をしっかりとした瞳で見つめ返し、首を振った。

「好奇心なんかじゃありません。ただ…もっと恒成さんに僕のことを知ってほしいんです。恒成さんのことも知りたいなって思ってます。僕、恒成さんといると凄く楽しいんです。楽しいし…なんだかドキドキするんです。もっともっと一緒にいたいな、って思うんです」

「……」

「もっと話したいし、僕の演奏も聴いてもらいたい……。そう思って、だから、コンサートにお誘いしたんです。そういう理由じゃ、ダメですか？」

肩の辺りをますますぎゅっと掴むようにしながら、春は言う。

まっすぐな瞳は、躊躇《ためら》いも迷いも感じさせない。

率直な言葉で気持ちを伝えられ、純粋な瞳に見つめられ、恒成は堪らず、思わず目を逸らした。

彼の言葉に他意なんかない――。

それはわかっていても、熱っぽい口調と瞳で誘うように「知ってほしい」「知りたい」と言われれば、らしくないほど胸がドキドキしてしまう。

もっと一緒にいたい——なんて、珍しくもない言葉だし、例えそうじゃなくても、今まで何回も言われてきたはずだった。学生時代は同じクラスの女子生徒に。刑事になってからは、婀娜《あだ》っぽい女性たちからのきわどい誘い文句として。

今まではそのどれも、聞き流すことができていた。

真剣に言われたところで、蠱惑《こわく》的に誘われたところで、心はまったく動かなかった。

俺にそんなことを言ってどうするんだとさえ思っていたほどなのに。

なのに今は、たったあれだけの言葉で胸がドキドキして仕方がない。

なんの他意もなく、ただただ素直に告げられた言葉。それらに、すっかり混乱させられてしまっている。

相手は男なのに。しかも自分とは立場も何もかも違う相手だとわかっているのに、だ。

だが同時に、その言葉は酷く残酷だ。

春は、二人の間にある違いをどう考えているのだろう?

「……」

恒成はふうっと息をつくと、春の言葉に応えることなく、ただ無造作に彼の腕を取る。

「恒成さん!?」

そして彼の声にも耳を貸さず、そのままタクシーの側へ連れて行くと、その中へ強引に押し込めた。

今日の楽しかった時間は、今日だけのものだ。

偶然が運んできた幸運で、今日だけの短い夢だ。

「すみません、頼みます」

恒成は再び運転手に言い含めると、春を見ないままドアを閉める。

見送らず振り向かずその場を去る恒成の耳に、「聴きに来て下さい！」と窓から叫ぶ春の声が長く尾を引いて届いた。

◆
◆
◆

その後、恒成は春のことはなるべく考えないようにしようと努めた。

確かに彼は感じのいい青年だ。裏が感じられず、馬鹿みたいに純粋と言えばいいのか、屈託がなく、一緒にいて心地好い。

世間知らずで子供のようなところがあるから、困らされることはあるが、まるで、邪気のない愛らしい動物に懐かれているような気分になる。

だが直感が告げているのだ。これ以上彼に近付くべきじゃない――と。

（そうなんだよな……）

同僚と昼食を食べに訪れた定食屋。恒成は注文を待つ間、ぼんやりと店内に視線を流しながら、胸の中で呟いた。

偶然から出会った、ピアニストの春。

出自といい経歴といい、本来なら自分などが出会うはずのない存在だ。せいぜい、テレビか雑誌でちらりと目にするぐらいだっただろう。

自分とは住む世界の違う相手。

だから――彼が送ってきたチケットも送り返した。

あの日の翌々日、春は自分の言葉が気まぐれではないことを証明するかのように、きちんと二人分、コンサートのチケットを送ってきた。それも、丁寧な手紙付きで。

恒成は、チケットが届いた日のことを思い出し、眉を寄せた。

宛名が恒成と悠斗宛だったため、悠斗が先に開けて中身を見てしまったのだ。

それからというもの、悠斗は恒成がいくら「聴きに行かない」「このチケットは送り返す」と言っても聞かなくて……。

思わぬ兄弟喧嘩をしてしまった。

そんなものを送ってきた春が恨めしく、恒成は「早く手放そう」とばかりに、悠斗には内緒で、春に送り返したのだが、

「……」

そこまでしても、なぜか恒成は春のことを考えてしまっていた。

コンサートを聴きに行く必要などない、と自分に言い聞かせ、もうこのことも春のことも考えないようにしようと思っているのに、考えてしまうのだ。気付けば何度も。

(なんなんだ、これは)

今まで、仕事と悠斗のことを別にすれば、何かが頭から離れないなんてことはなかった。

なのに今は、何をしていても彼の顔や声がどこかにちらついてしまっている。

いつもの自分に戻れない――。

その苛立ちに、顔を歪《ゆが》めたとき。

「真田、どうした？」

不意に声がかけられた。

「え」

慌てて顔を上げれば、向かいの席の関屋《せきや》が訝しそうにこちらを見つめてきていた。

「メシ、来てるのにどうしたんだ。そんな難しい顔して」

そして目の前には、いつの間にか運ばれていていたらしい、生姜《しょうが》焼き定食がある。

関屋の前には、コロッケ定食。そして関屋の隣に座っている後輩の宮部《みやべ》の前には親子丼だ。

同僚たちといつもやって来る定食屋。恒成は、慌てて「なんでもないです」と首を振ると、「いただきます」と箸を取った。

（まずったかな）

だが食べ始めても、向かいの席の関屋が気になってしまう。

関屋は、歳は恒成の亡き父より少し上。一係一筋で、課長からも一目置かれているような刑事の鏡だ。

課で浮きがちな恒成のこともよく気にかけてくれていて、公私ともに随分世話になっている。が、敏腕刑事のご多分に漏れず、同僚相手の観察眼も鋭いのだ。今のことで、何か勘ぐられてしまうのではないだろうか。

普通に食べていても、なんだか調べられているような――いや、見透かされてしまうようなプレッシャーを感じてしまう。

関屋を気にしつつも、気にしていない振りで食事を続けていると、

「そう言えば真田さん、この間の人、どうなりました？」

向かいから宮部の声がした。二つ年下の彼は、体力があり、よく気の付くいい後輩だ。

周囲から浮きがちな恒成にも構わず話しかけてくる明るさがあり、皆に好かれているが、噂話が好きで、ちょっとお調子者なところがある。

だが、いったいなんの話なのか。

「この間？」

恒成が尋ねると、宮部は吸い物のお椀《わん》を持ったままにっと笑った。

「あの、花屋の女性ですよ。なんか、いい感じだったじゃないですか」

そして恒成の答えを待つようににこにこと見つめてくる。恒成はやれやれと溜息をついたが、関屋は興味を持ったようだ。

「なんだ、花屋って」

付け合わせのキャベツを食べながら、宮部に話しかける。

恒成は慌てて「なんでもないですよ」と言ったが、宮部はそんな声など聞こえなかったかのように関屋に説明を始めてしまう。

「二ヶ月ぐらい前に、三栄町《さんえいちょう》で連続強盗事件があったじゃないですか。あのときに使われた凶器の一つが、近くの花屋に投げ込まれたことがあったの、覚えてませんか」

「ああ、覚えとるよ。確か閉店の作業中に被害にあったやつだろ。結構大変だったらしいな」

「ええ。たまたま立ち寄ってたご近所さんが割れた硝子《ガラス》で怪我をしたりで大変だったんですよ。で、そのときに僕と真田さんがそこに話を聞きに行ったんですけど、店の女性がいい感じの人でですね」

「おい、宮部」

「いいじゃないですか。——それで、三回ぐらい店に行って、色々話を聞いたんですけど、なんだか真田さんといい感じで。それから何度かうちに花を届けてくれてたりしたんですよ」

「ほう」

「『ほう』じゃないですよ関屋さん。宮部、お前もいい加減にしろ。俺は普通に話を聞いただけだし、町田《まちだ》さんは厚意で花を届けてくれただけだろう」

「でも、あの人、俺には目もくれなかったですよ。話をしてたのも真田さんとばかりだったし」

「それはお前の話の聞き方が悪いんだろう」

「わかったわかった。落ち着け」

ついつい食事の手を止めて恒成が言うと、関屋が割って入るように声を上げた。

思わず熱くなってしまったことが気まずく、恒成が黙ると、関屋は愉快そうに苦笑した。

「わかっとるよ。お前が仕事の相手と必要以上に近付かんのは。でもな、考えてみればそういうのも出会いの一つだぞ。職権乱用っていうわけでもなし、いい感じの人なら親しくしても悪くはないだろう」

「……そんな気はないんです」

恒成は、はっきり言った。

「今は、そんな気はありません。弟のこともあるし、俺は仕事だけで手一杯ですから」

そう、他のことに関わっている暇なんかない。

しかし、そう自分にも言い聞かせ、「この話はもう終わりましょう」とばかりに食後のお茶を一口飲んだ直後。

店内に置かれているテレビに何気なく目を向けたその瞬間、恒成はぎょっとした。

そこには、春の姿が映っていたのだ。

番組は、昼間の情報番組のようだ。画面の下の方には、【人気ピアニスト日本凱旋！世界でも注目の若手ピアニストの横顔】の文字が出ている。どうやら、春の来日と公演を取り上げたコーナーのようだ。

いつ撮ったものなのだろうか。普段着の彼が、ピアニストの卵らしき日本の男女数人を指導している姿が映っている。

真面目で真剣な、しかし和やかな雰囲気が漂ってくる映像だ。

気付かないうちについじっと観てしまっていると、

「ん？　なんだ？」

関屋も振り返ってテレビを観る。続いて宮部も振り返ると、再び恒成に目を向け、

「あのピアニストの人、知り合いですか？」

と尋ねてきた。

「まさか」

恒成は答えたが、胸の中はやけにドキドキしている。

知り合い…なんかじゃない。

いや、知り合いだが知り合いじゃない。「たまたま何度か会っただけ」の、ただそれだけの相手だ。

すると、宮部は「ふうん」と頷き、再びテレビへ目を向ける。ややあって、「綺麗な顔の男ですねえ」と、感心しているような口調で呟いた。

「なんか優雅で『王子さま』って感じじゃないですか？　やっぱ今はこういうのが流行なんですかねえ。うわ、しかもこの人凄い経歴ですね。へーえ…こんな人もいるんですね。俺らと大違いだなあ」

そして宮部は、テレビを観たままさらに感嘆の声を上げる。

恒成は、返事もせず関心のない素振りで黙ったままお茶を飲んだが、内心は自分もテレビを観たい思いでいっぱいだった。

隣の席の四人組が大きな声で話しているせいで、テレビの音はよく聞こえない。春がどんな話をしているか、どんな表情でいるかは画面を見て知るしかないのだ。

だが、再び観てしまえば見入ってしまいそうで怖くもあり、目を向けられない。

一人でいるときならともかく、今は関屋もいる。別に探られてまずいこともないはずだが、それでも、春を見ているのを見られるのはなぜか嫌だった。

そうしているうち、隣席の四人が「ごちそうさん」と次々席を立つ。

図らずもテレビの音がしっかりと耳に届くことになり、恒成はますます落ち着かなくなった。

もう特集も終わりかけのようだが、春の声は相変わらず柔らかで、聞き取りやすく、優しい。

「……」

もっと声が聞きたい。

テレビ越しでも、彼を見たい。

恒成が強くそう思ったとき。

不意に、向かいの関屋が腰を上げた。

「ちょっと手洗い行ってくる。俺が戻ってくるまでに食い終わっとけよ、宮部」

「はーい」

そしてぽんと宮部の頭を叩いて言うと、店の奥へ消えていく。

恒成はこの機会を逃がさず――しかしあくまで自然に見えるように気を配りながら、テレビへ目を向けた。

するとそこには、数日前に見たときと同じ、綺麗で屈託のない表情を浮かべた春の姿があった。

『はい、そうです。今回のコンサートのスタッフはほとんどボランティアの方々で……。主に学生さんたちなんですけど、僕も新鮮な経験をさせてもらっています』

女性のインタビュアーの質問に、一つ一つ丁寧に、それでいて表情豊かに応えている様子は、一緒に過ごした短い時間を易々と思い起こさせる。

数日前、二人でいたときも彼はあんな風だった。あんな風に笑っていた。

身振り手振りと共に、子どものような素直さで話をしていた。

もう会わないと——もう考えないようにすると思っていたけれど、こうして見てしまうと、そしてありありと思い出してしまうと、それはとても無理だと思い知らされる。

『では、初めての日本を楽しんでいらっしゃるんですね』

インタビュアーのそんな質問に、春は笑顔で応える。

『はい。とても。まだ着いて一週間も経っていませんが、いろいろな人と会えていろいろな刺激を受けて…楽しい毎日を過ごしています。楽しいし…なんだかドキドキするんです』

キラキラと煌めく大きな瞳。視線は、カメラに向けられたもののはずなのに、まっすぐに恒成の胸を打ち、そこを揺さぶる。

——『楽しいし…なんだかドキドキするんです』

あの言葉は、過日、春が言っていた言葉だ。あのときのやりとりが、まざまざと胸の奥に蘇ってくる。

会ったのはほんの数回なのに、春はいつの間にはすっかり恒成の心に食い込んでしまっている。

気にしたところで、どうなるわけでもない相手なのに。

やり場のない苦しさを覚え、恒成は顔を顰めると、関屋が戻ってきたのを機に、もうほとんど残っていないお茶を飲み干して立ち上がる。

これで春の姿を見納めにしようと――そう心に誓いながら。

◆
◆
◆

しかし、恒成のその誓いは、ほどなく破らされることになってしまった。

せっかく春のことは忘れよう、考えないようにしようとしていたのに、よりによって本人が家にやって来てしまったのだ。

しかもどうやら、彼は随分と憤っている。

「お前…どうしたんだ」

仕事から帰って悠斗を寝かせたところで、いきなりやって来た春の姿を見たときには、恒成は驚かずにはいられなかったが、「帰れ」と繰り返しても春は「嫌です」と譲らなかった。

いつになく険しい表情を浮かべた彼に、根負けした恒成がとうとう家に上げると、春は茶の間に正座し、一層厳しい表情で「どういうことですか」と切り出してきた。

同時に差し出されたのは、一通の封筒。宛名は春宛。住所はあのホテルだ。

恒成は見た途端、顔を顰めた。それは、先日恒成自身が出したものだった。

「……どういうことって……どういうことだ」

テーブルの上に置かれたその封筒を見ながら恒成が問い返すと、春は瞳に怒りと悲しみの入り混じった色を浮かべ、じっと恒成を見つめてきた。

「どうして送り返してくるんですか。これは、僕が恒成さんと悠斗くんに送ったものです」

「いらないものだから送り返したんだ」

「い……」

「違う。誤解するなよ。別に、お前の演奏をばかにして言ったわけじゃない。逆だ。こんないい席の高いチケット、俺がもらっても仕方ないだろう。もっとものわかる奴に渡すべきだろうと思ったんだ」

「僕は、二人に聴いてほしいから送ったんです。以前にも、そう話しました」

身を乗り出す春の表情は、ますます必死さを帯びる。

彼の真剣さがひしひしと伝わり、恒成は罪悪感に胸が揺さぶられるのを感じた。

これ以上春に関わるべきじゃないと――そう感じてチケットを送り返した。だが、それで彼を傷つけてしまったのだと思うと気まずさに胸が重くなる。

しかし恒成は頭を振ると、息をつき、改めて封筒を春の方に押しやった。

「とにかく、これは受け取れない」

「どうしてですか」

「お前から施しを受ける気はないからだ」

「そんなつもりはありません！」

声を上げた直後、悠斗のことを思い出したのか、春は慌てたように口を塞ぐ。だが、その瞳は深く傷ついている。

話せば話すほど彼の瞳を濁《にご》してしまうことが苦しくて、恒成は目を逸らした。

本音を言えば、彼の演奏を聴いてみたい。あんなに胸を打つ演奏をする彼が、大きなホールで観客を前にどんな音を奏でるのか聴いてみたい。

なにより、悠斗はすっかり行く気になっている。

春と出会い、ピアノが生き返ってからというもの、悠斗はそれまでピアノを見ないようにしていた態度が嘘のように、それに触れるようになっていたし、その表情からは、また習いたがっている様子が窺えた。

だからこの数日、恒成は悠斗のためにピアノ教室を探している。悠斗も、まだ不安そうな顔をしながらも、どことなく興味を見せていた。

そんな経緯からも、本当なら、悠斗のために彼の厚意を受け取るべきなのだろう。

さっきは「施し」などとわざと嫌な言い方をしたが、春がそんな奴じゃないことはもうわかっている。

だが……ここでこのチケットを受け取り、コンサートで彼の演奏を聴いてしまえば、今はまだ辛うじて堪えている「何か」が溢れてしまいそうな気がして不安なのだ。

しかしそれは、自分のエゴだろうか。

それに、自分はいったい何を恐れているのだろう……。

恒成は、改めて春を見つめる。

大きな瞳が、まっすぐに恒成を見つめてきていた。

最初に見たときと同じ、吸い込まれそうな綺麗な瞳だ。

男だとわかっているのに、心を揺さぶられる。

（……だからか……）

そのとき、恒成は不意に気付いた。

相手は男なのに——それも、立場も生活も違う相手なのに、見ているだけで、一緒にいるだけで心を掴まれてしまうから、だから怖いのだ。こんなに誰かに惹かれたことは、今までになかったから。

（なんなんだ、いったい）

恒成は、らしくない自分に戸惑い、動揺する。

よりによって、どうしてこの男に惹かれているのか。

よりによって。

よりによって、どうして。

男に。彼に。

胸に渦巻く熱と疑問。見ていると苦しくなるのに春から目が離せず、恒成が困惑に包まれたとき。

廊下から、微かな足音が聞こえてきた。

「!?」

驚いて恒成が立ち上がると、暗闇の中から、パジャマ姿の悠斗が思い詰めたような顔で近付いてくるのが見えた。春とのやりとりのせいで起きてしまったのだろう。

「悠斗、どうしたんだ」

声をかけたところで、恒成は気付く。悠斗は、手に貯金箱を持っていた。

「悠斗……？」

恒成が目を丸くすると、悠斗は恒成のすぐ側までやって来る。春の姿も見えているはずだ。だが彼は騒がず、「これ……」と恒成に貯金箱を差し出した。

「これ、今までのお小遣いを少しずつ入れたやつ。これでハルのコンサートの券、買える？」

「……」

「足りなかったら、これからもっと貯金する。ピアノの教室に行くのも我慢するから、だから、一回でいいからハルのコンサートに行こうよ」

「……」

「僕、ハルのピアノを聴きに行きたいんだ……」

そして悠斗は小さな声で言うと、貯金箱をぐいぐいと恒成に押し付ける。

恒成は、声が出せなかった。

小さなブタの形をしたその貯金箱は、母が生前買ってくれたものの一つだ。

昔から、悠斗がお年玉やお手伝いのお駄賃でもらったお金を、少しずつそこに貯めていたことは恒成も知っている。だがまさか、それをここで持ってくるとは。

それほど、悠斗は春の演奏会に行きたがっているのか。

恒成はしゃがむと、悠斗と視線の高さを同じにして言った。

「悠斗…これは受け取れない。部屋に持って帰って、ちゃんと寝ろ。明日起きられなくな

るぞ」

「でも、僕――」

「わかってる。コンサートのことは、ちゃんと考える。考えるから、これは持ってろ」

「……」

「それからピアノ教室も……我慢なんかするな。ちゃんと、俺が探すから。また弾きたいんだろう?」

尋ねると、悠斗はちらりと春を見つめ、こくんと頷く。

「……ピアノ、弾きたくなったの?」

春が尋ねると、悠斗は「うん」と、今度は声に出して言った。

「また、弾いてみたい。ハルみたいに、弾いてみたい」

悠斗が続けると、春は微笑み、ぎゅっと悠斗を抱き締める。

不意のことだったが、悠斗は逃げなかった。そして恒成もまた、止めようとは思わなかった。

春はくしゃっと悠斗の髪を撫でると微笑んで「うん」と頷き、

「悠斗くんを部屋に連れて行ってきますね」

恒成に向け、心得た様子で言う。

やがて、春は一人で戻ってくると、

「恒成さん」

　改めて切り出してきた。

「その…コンサートのチケットの件ですけど、それは、恒成さんにお預けしておく形じゃダメですか？」

「……？」

　恒成が見つめると、春は続けた。

「僕も、少し反省しました。恒成さんにもご都合があるのに、こんな風に一方的にお送りするべきじゃなかった、って。聴いてほしいと思ったら、つい気が逸ってしまって……嫌な思いをさせてしまったなら、謝ります」

「いや……」

　頭を下げる春に、恒成は恐縮しつつ驚いていた。

　春は何も悪くない。なのに、こんなに躊躇いなく頭を下げられるなんて。

　するとそんな恒成の視線の先で、春は「でも」と続けた。

「そのチケットは、恒成さんに持っていてほしいんです。もし…来るのは無理でも記念に持っていてくれませんか？　他の人じゃなんて、恒成さんと悠斗くんに聴いてほしくて送ったものなので」

「でもちょっと調べたところじゃ、チケットはもう売り切れなんだろう？　お前の演奏なら、他にも聴きたいと思ってる人がいるだろう」

「そう……ですけど……。僕も、少しは希望を持っていたいんです。三日間のうち、もしかしたら一日だけでも二人が聴きに来てくれるかもしれない……って」

夢見るように言うと、春は苦笑する。

無理をしているような強がっているようなその様子に、恒成の胸が軋《きし》む。

どうして彼は、自分たちに――自分にそこまで関心を示すのか。

「本当に、俺なんかでいいのか」

呟くように言うと、春は必死に続けた。

「『俺なんか』なんて言わないで下さい。恒成さんと悠斗くんに聴きに来てほしいんです。悠斗くんの優しいところも、恒成さんのはっきりものを言ってくれるところも、僕、大好きですから」

「悠斗はともかく、俺はがさつなだけだろう」

「そんなことないです！　恒成さんといると、すごく刺激を受けますし、気安くものを言ってもらえるのは嬉しいです。今まで、そういう相手ってあまりいなかったので」

「物珍しいわけか」

「そ、そういうことじゃありません。その、誰でもいいわけじゃないですから。恒成さんの言葉だと、なんだかすっと胸の中に入ってくるんです。最初にうんと怒られたせいかもしれませんけど」

春は言うと、思い出したのかはにかむように笑う。

その笑顔を見つめながら、恒成は「仕方ないな……」と苦笑した。

そんな顔をされては、チケットを突っ返すこともできない。

恒成はチケットの入った封筒を取ると「わかった」と頷いた。

「一応、これは受け取っておく。行けるかどうかは……わからないが……」

「はい！　ありがとうございます。でも待ってますし、もし演奏会当日に来るのが無理なら、リハーサルに来て下さい。会場の人には、ちゃんと伝えておくので」

そして春は「じゃあ、そろそろお暇します」と頭を下げると、「遅くに来て、すみませんでした」と謝り、玄関の方に足を向ける。しかし、玄関のドアを開けた直後。

「あ——そうだ」

見送ろうとしていた恒成に、何かを思い出したように振り返った。

「ホテルに帰ったら、ＦＡＸしたいことがあるんです。番号を教えてもらえますか？」

次いで、メモとペンを差し出してくる。

恒成が首を傾げると、春は「ピアノ教室のことです」と続けた。

「さっき、悠斗くんが言ってたから……。ひょっとして習うつもりなのかな、って思って。それとももうどこかに通い始めたんですか？」

「いや、まだだ。っていうか、まだはっきり決めたわけじゃなかったんだ。あいつが、また弾きたがってるみたいだから、やる気があるならと思ってたんだが……。でもそれがどうしたんだ」

「今回の僕の演奏会のスタッフをしてくれてるのは、いろいろな音大の学生さんや卒業生の人たちなんです。中にはピアノ教室をやってる人もいますし、ホテルに戻れば、そういう人たちが通っていたところもわかるので、ＦＡＸします。よかったら、参考にして下さい」

「い――いや。いい。そんなことまでしてくれなくていいさ。そこに通えるかどうかわからないんだし」

「はい。だから…僕の一方的なお節介です。お知らせするだけですから、もちろん通わなくても構いません。僕、東京の地理はわからないので、ここからすごく遠いところばかりかもしれませんし」

そう言って春は苦笑する。だが直後、その苦笑をふわりとした笑みに変えた。

「悠斗くんがまた習いたいって言ってくれたのが嬉しかったんです。ボランティアで悠斗くんの学校に行ったときも、一番真剣に聴いてくれてたのは、彼だったから」

「そうなのか？」

恒成は驚いて尋ねる。すると、春は思い出したのか、小さく笑った。

「普通、男の子はあんまり聴いてくれないんです。どこに弾きに行っても、じっとしていてくれなくて。でも悠斗くんは耳を傾けてくれて……。その上、道に迷っていた僕を助けてくれました。正義感があって、優しい子だと思います。だから、そんな彼が早くにご両親を亡くされたのはとても悲しいことだと思いますし……またピアノを弾いてもらえると思うと嬉しいんです。これは僕のお節介です。気にしないで下さい」

そう言うと、春は再びメモとペンを持ったまま、にっこりと笑う。

恒成は春を見つめ返しながら、彼を調べたときに知った事実を思い返していた。

父は指揮者。母はハープ奏者。だが彼も事故で両親を亡くしている。

だから、悠斗のことを気にかけてくれるんだろうか……？

だが、そんな理由はどうでもいい。

恒成は少しだけ迷ったものの、「自宅と同じだ」と答えた。

彼の厚意が嬉しかった。

「……別に、面倒になったら送らなくてもいいからな」

そしてそう付け加えると、

「送ります。帰ったらすぐ送りますから、待ってて下さい」

春は茶目っ気たっぷりにそう返してくる。

それじゃあ……と帰っていく春を見送りながら、恒成はすっかり彼に振り回されている自分を——にもかかわらずそれを嫌だと思っていない自分を感じていた。

◆　◆　◆

「ここ、か」
それから十日ほど後。
恒成は都内のコンサートホールにやって来ていた。
他でもない、春が明後日から公演を行う場所だ。
そのホールに、今日、恒成はリハーサルを見にやって来たのだった。
あの日——春がコンサートのチケットを再び持って来たあの日。
春は本当に、すぐにピアノ教室のリストをＦＡＸしてきた。
手書きのリストからは春の優しさが伝わってくるようで、恒成はそれを見つめながら、
また彼に惹かれる自分を感じずにはいられなかった。
結局そのリストを参考にして、悠斗は自宅からほど近いピアノ教室に通い始めた。
まだ見学に一度、正式なレッスンに一度通っただけだが、音大生も指導している有名な

教室という割には子供にも優しい雰囲気で、悠斗はすっかり気に入ったようだ。

母親に習っていたころのことを思い出して辛くなるのではと心配していたが、今はもう一度ピアノを弾けるのが楽しくて堪らない様子で、

『お母さんに習ってたときより、もっと上手くなれるように頑張る』

と、前向きだ。

恒成は、春と電話したときのことを思い出し、ふっと笑みを浮かべた。

悠斗がピアノを習い始めたことについて、本当に喜んでくれていた彼。

『よかったです』としみじみ言っていた声は、今でも思い出せるほどだ。

だから恒成も躊躇いなく『ありがとう』と伝えられた。

そして、今日ここにリハーサルを聴きに来ることを決めたのだ。コンサート本番での、本気の彼の演奏を聴くことにはまだ躊躇いがあるけれど、彼がせっかく誘ってくれた思いに応えたくて。

悠斗は、最終日の三日目のお昼にコンサートに行くことになった。近所の野口さんに付き添いをお願いしたから、こっちも大丈夫だろう。

しかし——広いホールだ。

建物まで続く道を延々と歩き、中庭を抜け、ホールまでの階段をゆっくりと上りながら、恒成はふうと溜息をついた。

周りには、きっと有名な芸術家が作ったに違いない彫刻や、ホールを見栄えよくするために計算され植えられ、綺麗に剪定《せんてい》された木々が並んでいる。ちらりと見えたホールの隣の喫茶店も、横文字の名前の高そうな店だった。

コンサートと言えば、悠斗のところを訪れた春のように、小学校のときに都内の楽団の人がボランティアで来てくれたのを聴いた以来の自分が、本当にこんなところに来ていいんだろうか。

一歩ずつホールに近付きながらも、まだ迷いは消えない。

「まったく……」

春に言われていたように楽屋口を目指しながら、恒成はぼやくように呟いた。

まったく、自分はどうかしてる。

場違いだとわかっているのに、こんなところに来てしまうなんて。

しかし、そうぼやいていても、期待は一歩ごとに大きくなる。どうしてか歩みは次第に速くなる。

やがて、恒成は楽屋口に辿り着くと、そこにいる係員に自分の名前を名乗った。

春からは、これで入れるはずだと言われていたのだ。

だが、係の男は訝しげに眉を寄せた。

「どちらさまですか?」

そしてじろりとねめつけるように見つめてくると、ますます顔を顰める。

不躾で敵意の垣間見える視線に、恒成も眉を寄せた。

「どちら、って……。だから言っただろう。真田だ。今日はここで演奏会のリハーサルをやってるんだろう？　それを聴きに来たんだ。聴きに来てもいいって……そう言ってたから」

「そういう話は聞いておりません」

「そんなはずはないだろう。俺はあいつから——春から直接聞いたんだ」

恒成は声を荒らげると、男に詰め寄る。しかし男はやれやれというように首を振ると、慇懃無礼とも言える口調で言った。

「そう仰られてもこちらはそうした話を聞いていない以上、あなたをお通しするわけにはいきません。いるんですよ、そうやって『約束している』とか『来ていいと言われた』と言って中に入ろうとする人が」

「俺は——」

「もちろん、あなたが『そう』だとは言いません。ですがわたしにそうした連絡が来ていない以上、お通しすることはできないということです」

「だったら確かめてくれ。春は中にいるんだろう!?　俺の名前を言って、来たことを伝えてくれれば——」

「リハーサル中にそんなことはできません。この時間は約束のある方以外はお通しできないことになっているんです」

「……」

そして男は「お引き取り下さい」と、強めの口調で言うと、睨むようにして目を眇める。しばらく睨み合ったものの、埒があかないと判断すると、恒成はふうと溜息をついてその場を離れた。

春のミスだろうか？

それとも、伝達のときに何か行き違いがあったんだろうか。

いずれにせよ、ここでどれだけ話しても中には入れないということだ。

恒成は楽屋口から少し離れ、携帯を取り出すと、少し迷ったものの、春の携帯に電話をかける。

だが、リハーサル中だからだろう。電源が切られているようだ。

「為す術なし、か」

ひとりごちると、恒成は小さく苦笑した。

いや――自嘲だ。怒りよりも、脱力感の方が大きい。めずらしくその気になって出かけてみれば――これだ。

やはり自分には、こういう高尚な場所は似合わないらしい。

携帯電話をポケットに戻し、やれやれと息をついたときだった。

何気なく向けていた視線の先。ホールの中庭の向こうの廊下を春が歩いていくのが見えた。

（春……？）

周囲にいるのは、スタッフだろうか。それとも主催者？　それとも仕事仲間だろうか。立場も年齢もさまざまに見える男たちに囲まれ、春はときに真面目な顔で、そしてときに笑顔で頷き、手にしている書類に目を向け、身振り手振りで何事かを話しながら歩いていく。

距離にすれば、ほんの五十メートルほど先だ。だが、硝子越しの春の姿は、それよりもずっと遠くにあるように感じられる。

恒成は我知らず眉を寄せていた。

わかっていたことだ。彼と自分の住む世界が違うことは。初めて会ったときから、もうわかっていたことだ。

なのに、こうして自分と彼との違いを目の当たりにすると、思っていた以上に胸が軋む。

恒成はますます顔を顰めた。

やがて、

「何やってるんだろうな、俺は」

ぽつりと呟くと、恒成はもう後ろも見ずに踵を返す。

来るんじゃなかった、と大きな後悔を感じながら。

◆

春がやって来たのは、その夜だった。

玄関を開けた途端、彼は以前来たときよりも一層焦った顔で言った。

「きゅ、急に来てすみません。その…さっき帰りがけに聞いたんです。ホールの人に、今日、僕に会いに来てくれた人がいるって。だからきっと恒成さんじゃないかと思って」

シャツにカーディガンというういでたちは、昼間にホールで見た格好と同じだ。

「ああ」と、恒成が頷くと、春は上擦った声で続けた。

「どうして中に入って来てくれなかったんですか？　僕、ずっと待って――」

「入れてもらえなかったんだ」

「え？」

「楽屋口の係の人に止められたんだ。どうやら不審者だと思われたらしい」

「まさか！　だって、僕、ちゃんとホールの人に伝えてたのに！」

春は焦り声で言うが、恒成が肩を竦めると、彼はショックを受けたかのように目を瞬かせる。

　まじまじと恒成を見つめてくると、

「ごめんなさい！」

　声を上げ、深く頭を下げた。

「僕、ちゃんと言ってたんですけど……でも……上手く伝わってなかったのかもしれません。ごめんなさい」

「……」

「せっかく来てくれたのに……すみません」

「もういい。気にするな」

　ほとんど縋《すが》り付かんばかりにして言う春を、恒成は軽く手を上げて留めた。

　この様子からすると、彼は本当にホールの人に伝えていたのだろう。自分のためにきちんと手はずを整えてくれていたのだ。

　きっと今までは、それで上手くいっていたのだろう。

　おそらく、あのマネージャーの目に適う相手なら。

　恒成は、松下の神経質そうな顔を思い出すと、胸の中でやれやれと息をつく。

　確証はないが、何か手を回したとすれば彼だろう。

　随分と嫌われたものだ。

（でももうあんたの宝物には近付かないよ）

恒成は続けて胸の中で呟くと、まだ不安そうにしている春に苦笑し、「気にするな」と繰り返した。

彼の仕事ぶりが見られなかったのは残念だが、ここらが潮時だろう。

元々なんの関わり合いも接点もなかった二人だ。

彼は著名な演奏家で、多くの人に宝物のように扱われている男。こっちは身体で勝負のただの刑事。

たまたま知り合ったが、そろそろお互いの住む場所に帰るべきなのだ。

恒成は、明るい光の中、大勢の大人たちに守られながら笑顔で歩いていた春を思い出しながら、ゆっくりと口を開いた。

「俺は気にしてない。だからお前も気にするな。ただ、もうお前と会う気はない。コンサートにも行く気はない。お前も、もうこんなところに来るな」

「!?　どうしてですか!?」

刹那、春は大きな瞳を一層大きくし、驚愕という言葉が最も相応《ふさわ》しい表情を浮かべて恒成を見つめてくる。

恒成は胸の中に苦いものが広がっていくのを感じながら、続けて言った。

「いちいち説明する必要はないだろう。俺にだって仕事がある。そんなに暇じゃないし、お前の…来日中の暇つぶしの相手をさせられるのはごめんだってことだ。だいたい、俺なんかと親しくしても仕方ないだろ」

松下が言っていた。世界中のＶＩＰ。自分はきっと、その警護もできない。

けれど春は不思議そうに目を瞬かせていった。

「なんでそんなこと言うんですか？　僕は、恒成さんともっと仲良くなりたいです」

「俺なんかと仲良くしたって得なんかないだろう」

「得があるから仲良くしたいわけじゃないです。僕、そんなつもりは――」

「じゃあなんでだ」

焦《じ》れったさに、恒成はつい強い口調で言った。どうしてこの男は、自分なんかにこんなにしつこくするんだ。

どうしてわざわざ謝りに来たりする？

睨むようにして見つめ。答えを待つ。

すると春は怯《ひる》まず恒成を見つめ返し、しかし穏やかな彼らしい口調で言った。

「僕は……僕は、恒成さんのことが好きだなって思ったからです」

「え」

意外な言葉に、さすがに恒成も驚きの声を上げてしまった。

――好き――。

その、短いが多くの意味を含んだ言葉が、みるみる恒成の胸の中で跳ね始める。

しかし春は躊躇うことなく続ける。

「駅で僕を助けてくれたとき、凄く丁寧に話してくれたじゃないですか。結局、僕はまた迷っちゃいましたけど、あの説明を聞きながら、なんだか僕、嬉しかったんです。大好きな音楽を聴いたときみたいに」

「……」

「だからそのあと、迷惑をかけちゃったときには本当に申し訳なくて……」

「ちょっ、ちょっと待て。お前、何を言ってるんだ。俺もお前も男だろう」

「わかってます。でも——」

「俺にびびってたくせにか」

「あんな風に怒られたことがなかったので、ちょっと怖かったのは本当です。でも、それは僕がお仕事を邪魔してしまったからですから」

「……」

「それに、ここで会ったときも、弟さん想いだなっ、て」

「しょっちゅう怒ってる嫌な奴だと思わなかったのか」

「理由もないのに怒られたことはありませんでしたから。それに……わざわざホテルまで僕を送ってくれました。電車の中でも僕を庇ってくれて…優しい人だなって思いました。

それに、以前にも言いましたけど、恒成さんといると、なんだかわくわくするんです。今まで知らなかった世界が開けるような、そんな感じで」

熱の籠《こ》もった口調は、煌めく瞳は、この言葉が本心なのだとなにより雄弁に伝えてくる。彼の素直さと純粋さに、胸を揺さぶられる。だがその眩しさが、恒成には辛くもあった。疑うことや憎むことを知らなさそうな、温室の花のような春に対し、恒成はといえば暴力や嘘を暴くことが使命の世界に身を置き、ときには拳を振るう。

恒成は春を見つめたまま、胸の中で長く息をついた。

春に罪はない。彼が悪いわけじゃない。むしろそんな彼の無垢さに惹かれている。けれどそうして惹かれているのと同じぐらい、彼が彼らしくあればあるほど、自分との違いを思い知らされ、それが辛い。

恒成は、初めての感覚に眉を寄せた。

一歩後ずさると、春の目は不安そうに揺れる。するとまた、胸がギッと軋んだ。

恒成はその締め付けられるような苦しさから逃げるように目を逸らすと「もう帰れ」と短く言った。

「今日のことは気にしてない。だからもう帰れ」

「……」

「明日がゲネプロってやつで、明後日からは本番なんだろう？　体調崩すわけにはいかないだろうし、帰れ」

春の言葉は聞かなかったことにして繰り返すと、恒成は玄関の扉に手をかける。

けれど、そのドアを開ける寸前、

「そんな風に追い返さないで下さい」

声とともに、背後からぎゅっと抱き付かれた。

「お――おい」

不意のことに、恒成は自分でも思っていなかったほどの慌てた声を上げてしまう。

背中に伝わる温もり。相手は男だとわかっているのに、身体の奥が熱くなる。

春が言った「好き」は、きっと純粋な「好き」だろう。他意なんかない。

こうして抱き付いてきたのだって、ただ引き止めたいだけだ。アメリカ育ちだから、きっとこういうことに抵抗がないに違いない。

けれど頭では何度もそう考えても、熱はじりじりと増すばかりだ。

恒成はぐっと奥歯を噛み締めると、思い切って、強引に春の腕を引き剥がした。

はっと息を呑んだ音がしたが、構わず睨むようにして見つめる。すると、春も負けじと見つめ返してきた。

背中には、まだ彼の温もりが残っている。彼の腕に触れた手にもだ。恒成が眉を寄せると、春は泣きそうな顔で、しかししっかりと言う。

「来たいんです。恒成さんにも悠斗くんにも会いたいんです」

「俺は会いたくないって言ってるだろう。ちやほやされて、我儘《わまま》を言ってもなんでも通ると勘違いしてるのか？」

「！」

恒成がきつく言うと、春は大きく顔を歪める。

傷ついた彼の顔を見たくなくて、恒成は素早く家の中に飛び込んだ。

ドアを閉め切る寸前、ちらりと見えた春の貌は置いて行かれた子供のように切なげで、恒成の胸は再び大きく軋む。

その痛みと疼《うず》きを一秒でも早く忘れたくて、恒成は早足で茶の間に戻った。

春のことは、早く忘れよう。惹かれていても、どうしようもないこともあるのだ。

胸の中で、何度も自分に向けて繰り返す。

しかし、廊下のカーテンを閉めようとしたとき。

敷地と道路を隔てる生け垣の向こうに春の姿を見つけ、恒成は息を呑んだ。

薄暗い外灯の下、待たせているタクシーの傍らに佇む彼は、名残惜しそうな悲しそうな顔で家を見つめている。こんな小さな家を。みすぼらしい、彼には不似合いな家を。

「来るな」

「また、来ます」

「っ――」


恒成は、勢いよくカーテンを閉めた。

だが直後、目に映ったのは廊下に端にあるピアノだ。

春が弾いた――彼と自分が弾いたあのピアノ。

あのとき感じた、言葉にできない甘酸っぱい時間を思い出すと、痛いほどに胸が軋む。

恒成は視線を引き剥がすと、

「悠斗、宿題は終わったのか？」

自分の部屋にいる悠斗に向け、気分を変えるようにことさら大きな声を上げる。

春のことは早く忘れるべきだ、と、自分に言い聞かせながら。

◆
◆
◆

しかし、急に気持ちは切り換えられないからだろうか。

「おい、真田。お前、この報告書なんだ？」

「えっ？」

翌日、恒成は同じ課の先輩である西川《にしかわ》に、厳しい声で呼ばれた。

目の前に、いくつかの書類がばさりと置かれる。

慌てて見れば、そこに置かれたのは一昨日から昨日にかけて仕上げたはずの三件の報告書だ。

恒成が書類を見て顔を上げると、西川は渋い顔で顎をしゃくった。

「中、確認してみろ。三つがごっちゃになってるぞ。何やってるんだ」

「えっ」

「纏《まと》めてやるからそんなことになるんだ。お前、俺が確認したからよかったようなものの」

厳しい口調で言われ、恒成は慌てて確認する。

すると、確かに中身が入り混じっている。名前、状況……証拠品。パズル状態だ。

とてもではないが、人に見せられるようなものではないし、ましてや「報告書」として上に上げられるものではない。

「すみません……」

謝る恒成に、西川は眉を寄せたまま大きく溜息をついた。

「忙しいのはわかるが、そこんところは自分でやりくりしろよ。もう新人でもないんだから」

「はい……」

力なく恒成は言うと、もう一度西川に頭を下げ、大きく顔を顰めた。

やがて、長い溜息をつく。

こんなミス、新人のころでさえやらなかった。今よりももっともっと忙しいときでさえ、やったことはなかった。それなのに……。

唇を噛み、眉を寄せると、やがて、恒成は顔を上げて再び溜息をつく。

理由はわかっている。

春だ。

彼と会わなくなったせいだ。

否《いな》――。

彼ではなく自分のせいだ。

彼と会わないようにしたせいで、余計に彼のことを考えてしまって落ち着かなくなっているせいだ。だから仕事にも集中できなくて……。

「くそ……」

自分に悪態をつきつつ、恒成は急いで訂正したものを仕上げるべく、書類の一つを引き寄せる。

いったい自分は何をやっているのか。

顔を顰めつつ、報告書を一つ一つ確認して訂正箇所のチェックをしていると、

「――ほら」

そんな恒成の机の端に、缶コーヒーが置かれる。

見れば、関屋が立っていた。

彼は恒成と目が合うと缶コーヒーをクイと顎で指し、「飲めよ」とすすめながら、どこからか椅子を引っ張ってくる。

そしてそこにどっかりと腰を下ろすと、自分の分のコーヒーを開けて飲み始めた。

そうなると、飲まないわけにもいかない。

「頂きます」

恒成はおずおずと言うと、緊張しつつもコーヒーを一口呷《あお》る。

すると、

「何かあったのか」

小声で、身を乗り出すようにして、関屋が尋ねてきた。

表情は好々爺《こうこうや》といった優しいものだ。だが、目は笑っていない。

探るような視線に背中が冷たくなるのを感じつつも、恒成は「いえ」と首を振った。

誤魔化せているかどうか、自信はない。だがまさか、「数日会っただけの男のことが気になってぼんやりしていた」とは言えない。

すると関屋は恒成をじっと見つめ、「ふーむ」と唸る。また一口、コーヒーを飲んで続けた。

「でも昨日もお前さん、ポカやってただろう。何か気になってることがあるんなら、早めに相談しちゃくれないかな。もちろん、誰にも言う気はねえ。ただ、そういうのが続いた挙げ句にデカいミスをやられちゃ、こっちも困るからな」

声は相変わらず穏やかだが、恒成はますます背中が冷える気がした。

(気付かれてたか……)

昨日のミス。

実は恒成は昨日、ある男の聞き込みをしていたとき、その男本人を見かけていたにも拘わらずすぐに気付かず逃げられてしまいかけたのだ。

一緒にいた仲間の手でなんとか捕まえられたが、逃げられていても仕方のないミスだった。

いつもと同じように仕事をしていたはずなのに、いつの間にか、注意力が散漫になって。

「……」

恒成は、関屋を見つめ返す。

と、関屋が微かに片眉を上げて見つめ返してきた。

「ひょっとして、女か。そっちの方の揉めごとか？　この間、花屋の女がどうとか言ってただろう」

「え、い、いえ」

「本当かぁ？　別に隠すことはないんだぞ。それに、相談にならいつでも乗る。こんな仕事だし捕まえられる相手なら捕まえとかないとな」

「いえ、本当に。そういうのじゃないんで」

「……」

「違いますよ」

一瞬だけ、相談してみることも頭を過ったが、恒成は首を振って言った。

相手が女ならともかく、男の春のことは相談しづらかった。それになにより、上手く説明できる自信がない。

好きになるわけがない相手に、どうしてこんなに惹かれてしまっているのか。

同じところといえば、恋愛の障害になるはずの性別だけなのに。

（そう——男、なんだよな……）

美女が頭から離れないのなら、自分でも納得ができる。

そういう経験は今のところはないが、男として「美女」「ピアニスト」「深窓の令嬢風」とくれば、惹かれる気持ちがわかるからだ。

だが、春は男。綺麗な顔立ちをしていても男なのだ。

そもそも恋愛の対象ではなかったはずなのに、彼のことだけはどうしても気になってしまう。

考えていると、関屋は困ったように眉を下げ、「しっかりしろよ」と、肩を叩いて去っていく。

次はないぞ、ということだろう。

恒成は気を引き締めると、残っていたコーヒーを飲み切り、書類に目を戻す。

しかし考えは、ほどなく春のことに戻ってしまった。

性懲りもない自分に、恒成が唇を噛んだとき。

「!?」

机の上に置いていた携帯が、細かく震えた。

画面には見慣れない番号が表示されているが、この番号を知るものは限られている。

「――はい」

情報の提供だろうかと、恒成はすぐに携帯を取り上げる。

だが聞こえてきたのは、意外な人物の声だった。

◆

「……どうも」

待っていた人物は、相変わらずいかにも神経質そうな顔をしていた。

それだけではない。「お前に会うのは不愉快」という表情を隠しもせず、ベンチに座っている。

恒成は礼儀として挨拶をしながら近付いたものの、内心では「呼び出しておいてその態度か」と思わずにいられなかった。

待ち合わせた公園で待っていたのは、いつか会ったあの春のマネージャー、松下だった。

彼は突然電話をかけてきたかと思うと「話がある」と切り出したのだ。

『急で悪いが、会って話したい。春のことだ』

そう言うと、恒成が黙ったのにも構わず一方的に場所と時間を指定してきた。

ホテルと署の丁度中間、いつでも適度に人のいるこの公園。だが本当なら、恒成はこの男には会いたくなかった。

なにしろ、以前会ったときの印象が最悪だった上、おそらくは、春がホールの係員に言づてていた、リハーサルの見学の件を取り消させた男だろうと思えるからだ。

しかし、以前は剥き出しだったはずの敵意が、今はさほど感じられない。

何かあったのだろうかと、恒成が内心首を傾げたときだった。

「電話でも少し話したが、呼び出したのは、他でもない春の件だ。手短に言う。これを見てくれ」

松下は早口に言うと、恒成に白いものを差し出してきた。

受け取ると、それはいくつもの封筒だ。封は切られている。

「……なんだこれ」

「いいから見ろ」

ぞんざいな口調に、恒成は眉を寄せる。だが同時に嫌な予感がした。

恒成は松下の隣に腰を下ろすと、そのうちの一つから中身を取り出す。すると案の定。

それは、いわゆる「脅迫状」と言われる類のものだった。

『コンサートを中止しろ。中止しろ』『演奏会をやめろ』『弾くな。お前の音楽なんか紛いものだ』『演奏会を中止しろ。中止しなければどうなるかわかっているだろうな』――。

禍々《まがまが》しい脅迫文が、ときには下手くそな真っ赤な文字で、そしてときには新聞を切り抜いたもので綴《つづ》られている。

その数は十通以上。

恒成は、先刻とは違う理由で眉を寄せると、渋い表情の松下に尋ねた。

「これで全部か？　それとも――」

「『それとも』の方だ。数日前から届いてるが、これはホテルに届いていたものだけだ。他にも、ホールや主催者、協賛の会社にも届いてる」

「……」

だとすれば、少なくともこの倍はありそうだ。

恒成は、こんなに多くの脅迫文を送る相手に向け、吐き捨てるように胸の中で呟く。

(陰湿だな)

だが同時に、松下への疑問も大きくなった。

どうして彼は、自分のところへやって来たのか。

これはどう見ても脅迫状だし、それなら普通に警察に連絡すれば済むことだ。

「……それで?」

怪訝に思いながら、恒成は口を開いた。

「これを俺に見せたのはどういうわけだ。脅迫状だっていうお墨付きがほしかったのか? だったら言ってやる。これは脅迫状だ。見てのとおりな。だからきちんと警察に相談するなり、警備を雇うなりすればいい。対処はそこで考えるべきことだ。俺個人に相談されても困る」

「わたしだって、本当ならきみになんか会いたくはなかった」

と、松下はじろりとこちらを睨んで言う。

好戦的な口調に、恒成も目を眇めると、ややあって、松下はふうっと大きく溜息をついて続けた。

「こっちだって、既に手は打ってる。正直に言えば、こんなのは初めてじゃないんだ」

「……なんだと？」

「言っただろう。あの子は特別だと。そしてそういう特別な存在には、良くも悪くも人が群がってくる。そういう世界だ。賞賛の陰には必ず妬《ねた》みや嫉《そね》みがある。特に春は、まだ若いころから活躍しているから、同世代から年上まで幅広く妬まれてるよ。もっとも、それ以上にファンが多いわけだが、中にはたちの悪いファンもいる」

眉を寄せたまま松下は言う。

恒成は、その口調の重たさに黙るしかなかった。

ピアニストと言えばいかにも華やかそうだが、どうやらその裏には濃い影があるらしい。

そんな世界にいるのかと思うと、春のあの屈託のなさが奇跡のように思えた。

脅迫状を見ているかどうかは知らないが、周囲の気配で、自分に悪意が向けられていること、危険が迫っているかもしれないことには気付くだろう。

なのに彼はそんな影を感じさせず、いつもどおりだった。

松下はゆっくりとした口調で続ける。

「狂信的なファン、妬み嫉み……。コンサートごとに脅迫状は来てる。だから今回も警備を増やして対応しようとした。警察は何かあってからじゃなきゃ動かないからな。あてにならん。だが、事情が変わってしまったんだ」

「何があったんだ」

声のトーンが変わったことに気付き、恒成は眉を寄せる。

するとＩ松下は苦いものを食べたかのような表情を見せて続けた。

「警備を強化したはずなのに、楽屋に脅迫状が届いた」

「何?」

「今日は直接置いてあったんだ。ゲネプロのあと、戻って来て見つけた。今までこんなことはなかったのに」

「だったら内部の人間だろう。出入りできる奴らを調べればいい。確認したのか?」

「当然したさ。だが…今回は日本でのコンサートということで、今までと違って、ボランティアのスタッフが多いんだ。春の希望で、音大生や関係者に仕事を任せてる部分が多い。だからできるだけ揉め事は起こしたくないんだ。わかるだろう?」

そう言うと、松下はまた一つ大きく溜息をつき、頭を抱えてしまう。

その言葉に、「そう言えば……」と恒成も思い出した。

以前もテレビでそんなことを言っていたし、春自身もそんな話をしていた。

今回、スタッフはボランティアの人たちに任せており、そのお礼に、彼らの演奏を聴いてアドバイスしたりしている、と。

その話を聞いたときは、ピアノが好きで、ピアノを弾く人がもっと増えればいいと思っている春らしい、いい試みだと思ったのだが……。どうやら、いいことばかりでもないようだ。

松下の弱り切っている様子に、恒成は軽く肩を竦めた。

むかつく相手でも、これだけ弱り切っているのを見せられると、「勝手にしろ」とも言えなくなる。

それに、なにより脅迫されているのは春だ。彼がどんな気持ちでいるのかを考えると、胸が痛んだ。

あの邪気のない、素直でただ音楽が好きな春に対して、こうも悪辣《あくらつ》な脅迫状を送る奴がいるとは。しかも犯人は身近にいるかも知れないのだ。

「……」

恒成は手の中の封筒を睨み付けた。差出人への怒りが、憤りがふつふつと湧いてくる。

同時に、こんなものを何度も送られながら、そんな気配を微塵《みじん》も感じさせなかった春の強さと純粋さに胸を打たれていた。

恵まれた奴だと思っていた。「特別」で、大勢の人に守られた温室の花だと思っていた。

だが、そうじゃなかった。それは春のほんの一部で、彼は決して弱くない。

（だよな）

優しく、たおやかなように見えて、存外頑ななのが春だ。

恒成は、彼から送られてきたチケットのことや、『もう来るな』と言っても『また来ます』と譲らなかった彼のことを思い出し、小さく笑う。

だが直後、表情を引き締めた。

たとえ春が見た目より強いにせよ、こんな卑劣《ひれつ》なやり方を許したくはない。

とはいえ、まだ事件にもなっていない以上、刑事である自分が出張るわけにはいかない
し、スタッフの中に犯人がいるとしたら、大袈裟なことにもできないだろう。

「……で？　どうするんだ」

恒成が尋ねると、項垂《うなだ》れていた松下がのろのろと顔を上げて言った。

「警備は、引き続き強化する。今はそれしかない」

「……」

「そこで、だ。頼みがある」

「俺に頼み？　あんたが？」

「ああそうだ。不本意だが、春もきみの言うことなら聞くかもしれないからな」

「どういうことだ」

再び尋ねると、松下は渋面を作って話し始めた。

「正直なところ、わたしはコンサートを中止させたいんだ。凱旋公演だろうがなんだろう
が、安全が保証されてないところでのコンサートなんて論外だからな。だから脅迫状が来
て以来、あの子にもそれとなく提案した。でも聞き入れないんだ」

最後の方は、叫ぶような声だ。よほど激しくやり合ったか、手に負えなくて困惑しているのだろう。松下は続ける。

「わたしだって、あの子がこのコンサートを楽しみにしていたのはよく知っている。普段以上にやる気だし、きっと評判になるだろう。彼の名声はますます高まる。だがもし万が一彼の身に何かあれば名声どころか……」

そして声を切ると、松下はカッと目を見開き、恒成の腕を掴んで言った。

「だから頼む。なんとかあの子を説得してくれないか。刑事ならそういうのは得意だろうし、彼もきみの言うことなら聞くだろう」

「……調子がいいな」

「わかってるさ。だがもうそうするしかないんだ。もしあの子に何かあれば……」

その声は、それまでの松下のそれと違い、苦渋に満ちている。

恒成はやれやれと思いつつも、「わかったよ」と、頷いた。

松下に対する気持ちは今でも釈然としないが、彼が困っているのは本当だろう。それに、春のこととなれば放っておけない。

恒成は松下に、仕事のあと、春が泊まっているホテルへ行ってみると告げた。

もう会わないつもりだったが、身に危険が迫っているとなれば話は別だ。

要は、俺がしっかりしてればいい——。

自分が春に気持ちを乱されなければいい。これを「仕事」だと思って接すればいい。

そう決め、恒成は仕事が終わると、予定どおりにホテルへ向かう。

だが、ホテルの自動ドアを抜け、ロビーに一歩足を踏み入れたとき。

「――恒成さん」

不意に、聞き覚えのある声が届き、恒成は驚きに目を瞬かせた。

慌てて声のした方を見れば、そこにいたのは、部屋にいるはずの春だ。

その姿を目に留めた刹那、恒成は、瞬く間に心が彼に引き寄せられたのを感じた。

こんな笑顔一つに翻弄《ほんろう》されていると思うと自分に呆れるしかないが、引き寄せられてしまう心は変えられない。

同時に、彼を護《まも》らなければという気持ちも一層強くなる。

「お前、何やってるんだ、こんなところで」

急いで近付き、護るように腕を取る。すると、春は慌てながら言葉を継いだ。

「その、松下さんから、恒成さんが来るって聞いたんです。それで、迎えにっていうか……待ち切れなくて……」

はにかむように早口で言うと、春は恒成を見つめ、嬉しそうに微笑む。

「おまえな……」

恒成は、春の危機感のなさを怒ろうとしたものの、そんな顔をされれば怒るに怒れない。

仕方なく、「部屋で話そう」と、小声で告げると、春は頷き、「こっちです」と先に立って歩き始める。

ロビーから離れ、普通の宿泊客用のエレベーターからも離れると、目立たない場所にある小さなエレベーターに乗り込む。

このエレベーターは、どうやら限られた階にしか止まらないようだ。

(凄いな)

「特別な部屋」へと続くエレベーターに、恒成は肩を竦める。しかしそのときふと、隣に立つ春がじっと見つめてきているのを感じた。

ふっと目を向けると、春は慌てて目を逸らす。

「なんだ」

気になって尋ねたが、春は黙って首を振るだけだ。

「なんだ」

重ねて尋ねると、春は戸惑うような顔を見せたものの、直後、恒成を見つめ返し、にっこりと微笑むと、意を決したように言った。

「会えてよかった、と思ってたんです」

その声は、小さいが恒成の胸を大きく揺さぶる。

不意を突かれ、すぐに返事ができない。

あまりにストレートな言葉に、戸惑わされてしまう。

最後に会ったときは嫌な別れ方をしたし、もう会わないと思っていた。それは春にも伝わっていただろう。

なのに、それを責めることなくただ「会えて嬉しい」と言われると、どう反応すればいいのかわからない。

困惑したまま声も出せずにいると、やがて、エレベーターは静かに止まる。

「ここです」

「あ、ああ」

先に立って降りる春に慌てて続くと、そこは思っていたよりも狭いフロアだった。

天井が高く、床も壁も大理石。綺麗だが、どちらかといえばシンプルな作りだ。

しかし、そのフロアにはドアが三つしかない。

まさか、と恒成が思ったとき
前を歩いていた春が、一つのドアの前で足を止める。

「どうぞ」

そして軽やかな声とともにそれが開けられた途端、恒成は息を呑んだ。

そこは恒成が想像していたよりも、遥かに広い部屋だったのだ。

今立っているこの部屋だけで、自宅が丸ごと入るんじゃないだろうか？

向かいに見える縦も横も大きい磨かれた窓からは、東京の夜景が一望でき、まるで宙に浮いているかのようだ。

シャンデリアは大きなものが三つ…四つ。大きな花が咲きこぼれたような見事なデザインで、この部屋の上品な華やかさを演出している。

ソファセットは二つ。

ソファもテーブルもアンティーク調の猫脚のものと、モダンなデザインの大きな革張りのものの二種類だが、どちらも違和感なく調和しているのは、この部屋の落ち着いた雰囲気のせいだろう。

床には毛羽立ち一つない柔らかなカーペットが敷かれ、壁はこのホテルのイメージカラーである濃紺と深いブラウン。

大きなテレビやスピーカーも悪目立ちしない品のいいデザインで、奥に見えるバーカウンターのようなものも、シックで部屋に馴染んでいる。

木目の美しいキャビネット、そして部屋の隅にはグランドピアノ。

しかも、部屋はまだいくつもあるようだ。

ここから見えるだけでドアが三つあるし、なによりここにはベッドも机もない。この部屋だけで、ホテルの普通の部屋の何倍もあるだろうが、ここはあくまで来客と会ったり寛《くつろ》ぐための場所で、寝るところは別、ということなのだろう。

「……」

恒成は、春に案内され部屋に入ったものの、その豪華さに圧倒され、声も出せなかった。

このホテルが高級なことは知っていたし、仕事柄、他の高級なホテルへも行ったことはある。だが、これほど立派な部屋に足を踏み入れたのは初めてだ。

半ば唖然としていると、

「このフロア、使ってるのは僕たちだけなんです。ですから、少し大きな声を出すのも内緒話も大丈夫です」

春は、にっこり笑ってそう説明してくれる。

直後、

「あ、そうだ。お茶用意しますね」

はっとしたように言い「座っていて下さい」と言い残して恒成の側を離れる。

迷ったものの、恒成は幾つかあるソファのうち、革張りの大きなものに腰を下ろした。

それが一番座りやすそうな気がしたためだが、案の定——いや、想像していた以上に、そのソファは座り心地が好かった。

柔らかな革の質感と香り。座った途端に身体がふわりと抱き留められるかのような感触で、一度座ると立ちたくなくなってしまうほどの気持ちのよさだ。

恒成はしばらくその心地好さに浸《ひた》ったものの、やがて、すっくと立ち上がると、春がいるバーカウンターの方へ足を向ける。

（しっかりしろ）

胸の中で自分を叱責した。

のんびりとお茶を待ってる場合でもない。

確かに自分は春に会いに来たが、それはきちんとした理由があってのことだ。「ただ会いに来た」わけじゃない。

彼がわざわざロビーまで迎えに来てくれていたことも、自分に会いたがっていたことも、今は関係ない。何も関係ない。

自分のやるべきことだけを確実にやるのだ。

（それ以外に気を散らすな）

自分に言い聞かせると、恒成は「おい」と、まだお茶の用意をしている春に声をかける。

綺麗な模様が描かれたカップとポット。お揃いの砂糖入れ。銀の匙《さじ》にトレー。

それらから顔を上げ、手を止めると、春は首を傾げる。

恒成は春を見つめ、「話がある」と切り出した。

「お茶はいい。それより話がある。松下から連絡があったんなら薄々わかってるだろうが、脅迫状の件だ」

「……はい」

「何通も来てるらしいな。しかも最近は楽屋に届いたとか?」

「はい。でも――」

「『でも』はいい。届いたんだな?」

きつめに確認するように言うと、春は憟くように一瞬黙った後「はい……」と小さな声で言う。

恒成は春を見つめたままゆっくりと息をつき、言葉を継いだ。

「松下の話だと、内部で犯人捜しは難しいらしいな。それでも、コンサートをやめる気はないのか」

「――はい」

答は、簡潔だ。

春の表情に、憟きはもうない。再び、彼の唇が動いた。

「やめません。松下さんにもそう話しましたし、今でもその気持ちは変わってません」

「身の危険が迫っていてもか。脅迫状なんて大半はただの悪戯だが、それにしても今回お前に送ってきている奴は執拗《しつよう》だ。しかも楽屋にまでとなれば、いつでもお前に近付ける自信があるんだろう。警護は強化してるらしいが、下手したら大怪我するぞ。それでもやる気なのか?」

「はい」

春の口調は、変わらずきっぱりと強い。澄んだ瞳にもまったく迷いがなく、恒成はその美しさに目を奪われずにいられなかった。

華奢で、小柄で、見るからにひ弱そうでお坊ちゃん然とした外見なのに、その芯はこちらが驚くほど強い。

恒成は、春のそんなギャップに強く惹かれている自分を今更ながらに感じていた。

「そんなはずはない」と、誤魔化そうとしても、もう駄目だ。立場が違うとか相手も男だとか、そんなことは嫌というほどわかっていても、自分は春に惹かれている。

恒成はその自覚が心の隅々にまで広がっていくのを感じながら、「やめとけ」と首を振った。

「何かあってからじゃ遅い。これまでも脅迫の類はあったらしいが、お前のマネージャーがわざわざ俺に相談に来るってことは、今までの奴よりヤバいってことじゃないのか？　お前が日本で公演をしたい気持ちはわかるが、無事ならまた機会はある。今回はやめておけ」

大切に思える相手だからこそ、危険な目には遭わせたくない。

しかしそう思って言った恒成の言葉に、春は首を振った。

「やめません」

「どうしてだ。怖くないのか？　俺も脅迫状の実物を見たが、あれはただの悪戯じゃない。

明らかにお前に対して悪意を持ってる奴の仕業だ。そんな奴が近くにいるかもしれないのに、どうして強行するんだ」

恒成は声を荒らげると、頑なな春に詰め寄る。

すると春は一旦ぎゅっと唇を噛んだものの、思い切ったように再び口を開いた。

「怖くないと言えば、それは嘘です。怖いです。信頼して仕事をしてもらっているスタッフの中に、ひょっとしたら僕のことを嫌いな人がいるかもなんて考えたら、とっても怖いです。でも、それ以上にやめたくないんです。だって『また』なんてあるかどうかわからないから」

そう言う春の目は、微かに赤く染まり、潤んでいる。

彼が必死で恐怖と闘っているのだとわかり、恒成は胸が軋むのを感じた。思わず手を伸ばし、春の手を掴むと、彼はゆっくりと握り返してくる。

小さく息をつくと、春は静かに続けた。

「ご存じかもしれませんけど、僕の両親、二人とも事故で死んでるんです。僕が十七歳の時に、事故で」

「……」

「そのときから、決めてるんです。明日のことなんて誰にもわからないから、『またにしよう』とか『今度にしよう』っていうのはやめよう、って。あのとき、凄く後悔したから」

両親を亡くしたときのことを思い出したのだろう。春の手に力が籠もる。

長い綺麗な指で必死に恒成の手を掴んでくる彼を、恒成は堪らなく愛しく感じた。

宥めるように握り返すと、春は肩で息をつき、空いている手で目元を拭《ぬぐ》う。

そして恒成を見上げてくると、しっかりとした口調で続ける。

「二度と同じ演奏はできません。それと同じで、機会だってまた巡ってくるかどうかなんてわからないんです。脅迫状のことがなくたって、何かのはずみでピアノが弾けなくなるような怪我をしたり、どこかで命を落とすことだってあるかもしれません。だから、今目の前にある機会を逃したくはないんです。ここまできたのに、公演をやめたりはしません。日本での公演は――母の母国であるこの国での公演は、僕がずっとずっと抱いていた夢なんです」

熱の籠もった口調で一気に話すと、春は毅然《きぜん》とした、透き通るような瞳で恒成を見つめる。

そのまま、どのくらい見つめ合っただろうか。

やがて、恒成は詰めていた息を静かに吐くと、

「わかった」

と頷いた。

今でもやめさせたい思いは残っているが、これ以上どう言ったところで春の気持ちは変

わらないだろう。そこまで覚悟しているなら、もう何も言えない。

こうなっては、止めるよりもむしろ無事に公演を終えられるよう協力すべきだろう。彼の夢を叶えさせたい。

恒成が改めて春を見つめると、春も恒成を見つめ返してくる。

ほっとしているような、さっきまでよりはいくらか柔らかな顔だ。だがその中には、不安や恐怖も窺える。

恒成は考えるより早く腕を動かすと、込み上げてくる気持ちのままに、春を抱き締めた。

「でも、いいか。気を付けろよ」

壊れやすいものを包むようにして柔らかく抱き締める。耳元で囁くと、春はこくりと頷いた。

「はい。気を付けます」

「松下にも、しっかり助言しておく。誰にも、お前を傷つけさせたりしない」

「……はい」

恒成が想いを込めて言うと、腕の中で、春は再び小さく頷く。

恒成はそのしなやかで温かな身体を抱き締めたまま、「離したくない」と強く思っていた。

衝動的に抱き締めてしまったが、できるならいつまでもこうしていたいぐらいだ。

気のせいか、甘い香りがする。髪の香りだろうか。それとも、春の香りだろうか？

もっと強く抱き締めたいのをなんとか堪えていると、腕の中でそれまでじっとしていた春が、静かに顔を上げて見つめてきた。

笑みが近い。

鼓動が一気に速くなるのを感じていると、背におずおずと手が回される。

驚いて微かに目を丸くすると、春ははにかむように笑って言った。

「脅迫状……怖いですけど…でも、来てよかったかもしれないです」

「？　どういうことだ？」

「僕の中で、この公演がどれだけ大切か再確認できたっていうか……。成功させたい想いが一層強くなったので。それに…恒成さんにもまた会えました」

「！」

最後の言葉は、それまでより小さな声だ。それでも恒成の胸は、大きく跳ねる。

戸惑う恒成の腕の中で、春は続ける。

「もう会わないって言われたとき、凄く悲しかったです。僕、鬱陶《うっとう》しいですか？　僕のこと、嫌いですか？」

「……いや……」

「じゃあ、どうしてあんな……」

小さな声は、弱く揺れている。

恒成は僅かに迷ったものの、思い切って言った。

「離れるのが辛くなりそうだったからだ。親しくなればなるほど」

「！」

途端、今度は春の身体が小さく震える。

恒成は驚くように瞠目《どうもく》している春に、静かに続ける。

「お前と俺とじゃ、住む世界が違う。だから親しくなりすぎる前に、離れようと思ったんだ」

「そんな！　違いなんてありません！　それに僕は――」

「その先は言うな」

「嫌です！　だってそんな理由で離れるなんて変です。僕だって恒成さんと離れるのは辛いんです。恒成さんのこと――」

「やめろ」

声を上げた春の言葉をかき消すように恒成は言うと、腕を解《ほど》き、ゆっくりと首を振る。

胸の中にあるものを素直に吐露してしまったものの、恒成は、奇妙なほど落ち着いている自分を感じていた。

ただ、この想いは報われないだろうということだけが辛く、苦い。

訝しそうに見つめてくる春に、再び、さっきよりゆっくりと首を振ってみせた。

「その先は言うなと言っただろう」

「どうしてですか？」

「聞いたら、一層辛くなるだけだ」

恒成がそう言った途端、春は泣き出しそうに顔を歪める。恒成はそんな春を宥めるように、そっと彼の肩を撫でた。

「お前は、何も悪くない。でも俺とお前は違うんだ。お前は多くの人間にとって『特別』で、俺は違う」

「そんな」

「音楽なんか全然わからない俺でさえ、お前の演奏には感動した。それぐらい、お前は『特別』なんだ。そういう奴は、そういう奴に相応しい居場所があるはずだ。相応しい居場所、仲間、恋人……。同じような奴と一緒にいるべきだろう。好奇心からちょっとの間だけなら、俺と一緒にいるのもいいかもしれないが、ずっとっていうわけにはいかないだろう」

「恒成さ……」

「お前に会えてよかった。幸せだったよ。でももう、俺のことは忘れるようにしてくれ。日本での思い出は、思い出の中だけのことにしてくれ。最初は怒ってばかりで悪かったな。

公演が成功するように、祈ってる」

「……」

「お前のことを、愛してる。春」

溢れる想いを短い言葉に込めて囁き、そのまま春を引き寄せると、恒成はそっと、その唇に口付ける。

きっと最初で最後のキスだ。

触れるだけのそれを終え、唇を離すと、恒成は踵を返す。

これでいいんだ、と自分に言い聞かせながら。

◆◆◆

「じゃあ悠斗、ここで大人しく聴いてるんだぞ」

「うん」

迎えたコンサート最終日。

恒成は、悠斗を連れていつかのコンサートホールへやって来ていた。

近所の野口さんに付き添いを頼んでいたが、春の件があり恒成も会場に行くことにしたため、二人でやって来たのだ。

初日、二日目と新聞やインターネットで絶賛されていたためだろう。今日は当日券を求めて朝から並んだ人までいたそうだ。

演奏はもちろん、春の品のいい綺麗な外見もちょっとした話題で、周りの女性客たちもチラシを眺めては「格好いい」「綺麗な顔立ち」と口々にうっとり呟いている。

そんな中、恒成は悠斗を席に座らせると、「周りの人に迷惑をかけないように」「自分が迎えに来るまで絶対にここから動かないように」と言い聞かせ、自らはホール内に入ってくる客の流れと逆流するようにその場をあとにした。

重たいドアの外、ロビーに出ると、ネクタイを緩め、ふうと息をつく。

開演まで十分を切っているからか、辺りに人はまばらだ。そんな中、恒成は会場内をチェックするかのように、ゆっくりと歩き始めた。

松下へのアドバイスが功を奏したのか、それとも本当に悪戯だったのかはまだわからないが、幸いにして、初日も二日目も何も起こってはいないようだ。だが、油断はできない。

脅迫状を送るような、自分の存在をアピールするタイプの犯人の場合、より目立つ場所や時期を選んで事件を起こすことが考えられるためだ。

そう——たとえば、最終日に。

初日に何もなかったことから考えても、犯人が何かやるとすれば今日だろう。

楽屋に脅迫状が届いていたことから考えて——そして春への異様な執着から考えて、犯人は彼の側にいる人物だと思われるが、内部の犯人ならなおさらだ。

昨日一昨日の公演本番で、進行の次第や警備の配置を確認したことだろう。

松下にもそれは伝え、今日は以前よりも一層人を多く配置しているはずだが、恒成はそれでも安心できなかった。だから、自分で警護することにしたのだ。

演奏を聴けないのは残念だが、それよりも春の無事を確保したくて。

恒成は、館内をさりげなく、しかし子細に確認しつつゆっくりと歩く。

一番いいのは春の側に付いていてやることなのかもしれないと思ったこともある。ステージの脇から彼を見守っていれば、それが一番いい警護になるのでは、と。

だが、それは彼の集中力を乱すかもしれないと考え、やめにした。

警護は必要だが、彼が切望していたこの公演だ。満足のいく演奏をさせてやりたい。

『日本での公演は——母の母国であるこの国での公演は、僕がずっとずっと抱いていた夢なんです』

春の言葉が耳に蘇る。

怖くないはずはないのに、それでも脅迫になど屈したくないという彼の強い決意が伝わってくる声だった。

あの声を思い出すたび、一層春を好きになる。

無理をして別れを告げたけれど、本当は今すぐにでも自分のものにしたい想いで一杯だ。

純粋さも芯の強さも演奏への真摯さも全部まるごとまとめて自分のものにしたいと――

今でもこんなに強く想っている。

けれどそれはできないから――せめて彼を護って、彼が望む最高の演奏をさせてやりたい。

恒成が一層表情を引き締めると同時に、館内にコンサートの開始を告げる放送が流れた。

◆

「ああ、こっちは今のところ大丈夫だ。そっちもそろそろ終わりだろう？　楽屋に戻るときに気を付けろよ。ああ――わかった。じゃあ俺も弟と合流したらそっちに行くようにする」

舞台袖にいる松下からかかってきた電話を切ると、恒成はふうと息をついた。

公演が始まってから約二時間。今のところは幸いにして館内に異常はなしだ。

不審物も不審者も見あたらない。

このまま春が無事に演奏を終え、楽屋へ戻り、ホテルへ帰れば、それで全部が終わるはずだ。彼は彼の世界に戻り、自分とは関係のない存在になる。

他の多くの音楽家のように、時折テレビや雑誌で目にすることになるだけの、知り合いですらない「他人」に。

（それでいい）

恒成は、自分に言い聞かせるように呟いた。

日本を離れ、時が経てば、春は自分のことなどすぐに忘れるだろう。忘れるに違いない。それでいい。

自分のいる世界に戻れば、こんな、ただの刑事のことなどすぐに忘れ、もう思い出さなくなるだろう。それでいい。

なにしろ、彼は忙しく、そして彼の周りには有名な音楽家をはじめ彼に相応しい各界の著名人が輪を成しているのだ。

そんな中で、ただの男である自分のことなど考える暇があるとは思えない。

（それでいいんだ）

恒成は再び胸の中で呟いた。

彼が忘れても、自分が覚えている。

出会ったときのこと、彼の寝顔。声。思いがけない意志の強さ。ピアノを弾いていたときの幸せそうな様子。温もり。

――忘れない。

しかしそう考えながら再び時計を見たとき。恒成はおかしなことに気付いた。

松下の話ではもうアンコールも終了間際だと聞いていた。なのに、あれから十分以上経っても、まだ誰もホールから出てこないのだ。

ホールとロビーを隔てている扉も閉ざされたまま。

ということは、まだ演奏が終わっていないということだろうか？

「……」

気になり、恒成はドアに歩み寄った。

迷ったものの、中に入ろうと決めると、そこに立つ二人の女性に身元を伝え、中に入れてもらう。その途端、春の声がした。

「――というわけで、今日は特別に、もう一曲聴いて頂きたいと思います。日本に来てから作った曲で…僕の日本への想いと思い出を込めた曲です」

舞台に立つ燕尾服姿の彼は、華奢なのに凛《りん》として見え、マイクを通して聞く彼の声は、いつものように柔らかく涼しげでありながら、それだけではない強さも漂わせている。

ホールの一番後ろに立ってそれを見つめながら、恒成はごくりと息を呑んだ。それまで知っていた春とは、まるで別人のような彼がそこにいた。いや――違う。別人じゃない。

これも彼の一部なのだ。見た目よりも頑なで芯が強い彼の、魅力の一端。

しかも彼は、今「作った曲」と言った。

この数日で、曲まで作ったというのか。

驚きに息を詰めてステージ上を見つめていると、ややあって、春の指が誇らしげに、美しい音を奏で始める。

その瞬間、言葉にできないほどの感激が、一気に押し寄せてきた。

それは、どこか、以前彼が弾いてくれた『愛の夢』を思わせる優美な曲だった。けれどあの曲よりも若々しさと伸びやかさが感じられる。そして気のせいか、彼が持つ明るさや屈託のなさ、茶目っ気、そんなものも込められているような気がする。

技術的なことはまるでわからない。それでも、聴いているとそれだけで堪らなくわくわくして幸せになる。

観客もそんな風に感じているようだ。

ホール全体がさっきまでより一回り明るくなったような気さえするし、なにより、全員が幸せそうな笑みを浮かべている。

夢見るような微笑みをその横顔に浮かべ、音と遊ぶように心地好さげに身体を揺らしてピアノを弾いている春に、全員が引き込まれているかのように。

そして恒成もまた例外ではなかった。

聴いていると、どうしようもなく心が騒いで、じっとしていられない。緩急つけて奏で

られる滑らかで美しい音楽に、息つく間もなく夢中にさせられる。

そして次の瞬間、恒成ははっと息を呑んだ。春の右手が高く涼やかな和音を奏でて鍵盤から離れたかと思うと、曲の雰囲気ががらりと変わり、まるで二人で弾いているかのような曲調になったのだ。

それまでよりも一層楽しそうに、跳ねるようにして弾いているその様子は、まさしく過日の春を思い起こさせるものだ。二人で一緒に一つのピアノを弾いた、夢のようなあの日のことを。

「……」

恒成は舞台の上の春を見つめたまま、いつしかきつく拳を握り締めていた。

離したくない――。

一つの強い感情が、胸の中に込み上げてくる。

春を離したくない――。

春の弾く音が耳に流れ込んでくるたび、強く、抗いがたい欲求が、胸の中に込み上げてくる。

彼とは住む世界が違うとわかっている。それでも彼を離したくない。彼の清らかさ、美しさ、真摯さ、愛らしさ。それら全てを。

思い出になんてしたくない。

たとえ無理でも。

春の奏でる音楽に包まれながら、恒成はそんな想いを抱かずにいられなかった。

◆

「兄さん、ほら――早く！　はーやーく！　こっちこっち！」

終演後の、人でごった返すロビー。恒成は悠斗に手を引かれ、春の楽屋へと向かっていた。

あの感動のアンコールの後、恒成は当初の予定通り悠斗と合流した。そして松下と話したとおり楽屋に行ってみようと、悠斗にその話を持ちかけたところ、

「行く行く！」

と、すっかり興奮の様子なのだ。

初めてのコンサートでどうなることかと思っていたが、飽きることも退屈することもなく過ごせたのは、やはり春の演奏が魅力的だったためだろう。

恒成は最後の一曲しか聴いていないが、あの一曲を聴けただけでも今日来た意味があると思える。

擦れ違う観客たちも全員、心から満たされたような満足そうな表情を浮かべている。ま

だ夢の中にいるような、そんな幸せそうな表情だ。

（凄いな、あいつは）

恒成は、いまさらながらに春の素晴らしさを噛み締めた。こんなにも多くの人をこんなにも笑顔にさせるなんて。

彼に会ったら、まずなんと言おう？

素晴らしかった？

よかった？

感激した？

どれもそのとおりに違いないが、そんな言葉ではとてもこの気持ちを表すには足りない気がする。

生活の一部のように思えていた母のピアノの音が聞こえなくなってからというもの、音楽なんて自分には縁のないものになっていた。

たまたまテレビやラジオで聞くことがあっても、右から左に聞き流していた。気に留めることもなかった。それなのに……。

今は、春の奏でた音が、まだ耳の奥に残っている。

いや、そこだけじゃない。心の奥で燻《くすぶ》り、折に触れては胸を揺さぶっている。

「ねえ、兄さん。こっち？　こっちでいいのかな」

「ああ。そのまままっすぐに行って、突き当たりのドアの向こうが楽屋のはずだ」

あと少しで舞台裏に繋がるドアというところで、振り返りながら尋ねてくる悠斗に、恒成は頷く。

しかしそのとき、恒成は違和感を覚えた。

公演が終わったばかりだから、あちこち騒がしいことは想像の範囲内だが、楽屋に近付くにつれ、ただ騒がしいだけでなく緊迫感のような、張りつめたものが感じられるのだ。

嫌な予感がした刹那、携帯電話が鳴った。

「はい──」

『もしもし!?』

出てみれば、かけてきたのは松下だ。慌てた声は、それだけで何かあったのだと伝えてくる。

「もしもし。どうしたんだ。何かあったのか」

恒成も早口で尋ねると、『いなくなったんだ』と狼狽えている声が届く。

誰が、と尋ねるまでもない。恒成は自分の背が冷たくなるのを感じたが、ここで一緒に動揺するわけにはいかない。とにかく状況を聞かなければ。

「わかった、今楽屋の側だ。すぐにそっちに行く」

そう言って電話を切ると、恒成は急ぎ足で楽屋の方へ歩き始める。

その恒成の表情で、何かを察したのだろう。悠斗はさっきまでの興奮は抑えた神妙な表情で、恒成のあとをついてくる。

楽屋に辿り着くと、そこにいた松下は一目でわかるほど動揺していた。

「ああ――は、早く探してくれ。いないんだ、春が」

彼らしくなく上擦った声で言うと、縋るようにして恒成の腕を掴んでくる。

恒成はひとまず悠斗を楽屋の隅の椅子に座らせると、

「詳しく話せ」

松下に向き直り、事情の説明を促す。すると彼は青い顔のまま話し始めた。

それによれば、ちょっと目を離した隙に春の姿が見えなくなってしまったらしい。

「一旦、楽屋に戻ってきたんだ。それで、上着を脱いで、水を飲んで……このホールのオーナーが会いに来て…いや、それより前に芸大の小峰《こみね》教授が――」

「なら最後に見たのはここでか。結局、春はいつまでここにいたんだ。はっきり覚えてるのはいつだ」

「ほんの十分ほど前まではいたさ！」

恒成の問いに、松下は焦り声を上げる。

「落ち着け！」

恒成は彼の肩を掴むと、強く揺さぶった。

何かあったなら、一刻も早く対応しなければ取り返しがつかなくなる。とはいえ、まだホールの内外には人が溢れているから、騒ぎが広がってしまえば、余計に探しにくくなりかねない。

恒成は、松下を見据えて言った。

「あんたがしっかりしなくてどうする。いなくなったなら探すしかないだろう。いいか、確認するぞ。最後に見たのはここで、十分前――。それでいいのか？」

すると、松下はやや冷静さを取り戻したのか、少し考えた後、おずおずと口を開いた。

「ここで見たのは間違いない。でも時間は……時間ははっきり覚えてない……。ああ――いや違う。楽屋から出て行こうとしてたんだ。わたしが雑誌社の人の応対をしていたら、あの子は楽屋を出て行こうとしていて……」

「出て、どこに行こうとしてたかわかるか」

「た、多分洗面所だろう。公演のあとは顔を洗いに行くことがあるんだ。でなきゃ、ステージだ。そう……観客がいなくなったあとに、一人でステージに行くことがあるんだ。余韻を感じに行くというか……そんなことが何度かあった」

「わかった。洗面所かステージだな。警備の責任者は？」

一つ一つ確認しながら、一つ一つ尋ねると、松下も話しているうちにだいぶ落ち着いたのだろう。

「そこの通路にいるはずだ」と、恒成たちが今しがた通ってきた通路の方を指して言う。きっと「関係者以外立ち入り禁止」の表示をしていたところに立っていた男だろう。恒成もさっき見かけたばかりだ。

恒成は松下から無線を借りると、その男を呼び出す。

事情を手早く伝えると、警備に当たっている全員で、ホール内を改めて調べるように指示した。

「出入り口は通用口も含めて全部に人を置いてくれ。それ以外は、ホール内の再確認だ。人がいなさそうなところも調べてみてくれ。洗面所とステージ周辺は特に念入りに頼む」

『わかりました』

それが終わると、再び松下に向き直る。

「あんたは、このままここにいてくれ。俺も探しに出るから、他に何か思い出したことがあれば、俺に連絡をくれ」

「わ――わかった」

そして恒成は「もう少しだけ大人しくしててくれ」と悠斗の頭を撫でると、急いで楽屋を飛び出した。

松下に見せてもらったこのホールの見取り図によれば、普通の出入り口の他に通用口があり、機材の搬入口があるはずだ。あとは、地下の駐車場に続く出口。

連れ去るとしたら、駐車場だろうか。人目にもつきにくいところだ。だがこの楽屋から一番離れているのもそこになるが……。

（どうする）

恒成は一瞬考えたものの、すぐにその駐車場へ続く出口へ向かった。

もし――もし春が誰かに連れ去られたのだとしても、観客がまだ残っている以上、普通に出口から連れ出すのは難しいだろう。変装でもさせれば別だが、すぐに周囲に見つかるはずだ。

となれば通用口か搬入口だが、通用口にはホールの警備員が常時いるはずだ。

搬入口は確かに見落としがちだが、少なくともさっき見回ったときには周囲に不審な車が駐まっていたりはしなかった。

恒成が楽屋に向かっていたのと行き違いに、車で乗り付けたのなら別だが、内部の犯人ならそれは難しいだろう。

仲間がいることも考えられるが、それを考えるよりは、先に駐車場の確認をした方がいい。

誰も春の声を聞いていないと言うことは、揉み合ったり暴れたところを強引に連れ去られたのではなく、不意をつかれてしまったか、犯人と同行せざるを得ない状況だった可能性が高い。

（無事でいてくれよ……）

恒成は廊下を走ると、駐車場へ続くエレベーターのボタンを押した。

あれだけの――あんな演奏のあとに、いったいどこへ行ったのか。いったいどこへ。

連れ去った奴は、あの演奏を聴いて何も思わなかったのだろうか。それとも、あの演奏に刺激されたのだろうか。

来たエレベーターに乗り込み、地下二階の駐車場に向かいながら、恒成はきつく眉を寄せた。

まだ誰からもなんの連絡もないということは、見つかっていないということだ。

無事でいてくれればいいが……。

きつく目を瞑《つぶ》ると、恒成は祈るように強く願った。

無事でいてほしい。もう一度、あの笑みを見せてほしい。ピアノや音楽に真摯で、けれど子供のように屈託がなく純粋な彼に、もう一度会いたい。

ぎゅっと拳を握り止め、止まったエレベーターから飛び出すと、恒成は駐車場を見回した。

ホールの従業員とスタッフだけが利用する駐車場は、さして広くはない。とはいえ車はほぼ満車状態で、薄暗いせいもあって向こうまでは見渡せない。

恒成は耳を澄ましながら、そろそろと歩き始めた。

警備のスタッフはいないようだ。ここにも呼ぶべきだろうかと考えたそのとき。

「……こと……」

どこからか、くぐもった声が聞こえた。

はっと息を呑むと、恒成は一層耳を澄ます。だが、声はもう聞こえない。

恒成は顔を顰めると、声がしたと思われる方へそろそろと足を進める。春の声だったかどうかはわからない。だが、誰かいたことは確かだ。

足音を忍ばせ、車の陰を一台一台確認する。すると、

「——今ならまだ間に合うから」

（！）

今度こそ、間違いなく春の声がした。

恒成は姿勢を低くすると、声のした方へ素早く移動する。

近くの車に身を寄せてそっとそちらを覗くと、そこには、ナイフのような刃物を持った若い男と、強張った表情で彼を見る春がいた。

男の方は、よく見ればどこかで見た顔だ。

そう——確か一度テレビで観た覚えがある。

春にレッスンしてもらっていた生徒の一人だ。テレビで観た、あの生徒の中の一人だ。

出ていた生徒の中で一番年上に見えた、あの……。

（こいつが……）

脅迫状の犯人か。

恒成は男をギッと睨むと、ちらと春へ目を移す。

その姿は、松下が言っていたとおり、燕尾服の上着を脱いだ格好だ。タイがはずれかけているのは、彼が寛ごうとしていたのだろうか？　それとも、あの男に手荒く扱われたせいだろうか。

後者の考えが脳裏を過った途端、恒成は自分の頭に血が上るのがわかった。

彼に乱暴なことをする奴がいれば許さない――。そんな気持ちがみるみる込み上げてくる。

できるなら、今すぐ飛び出し、相手に飛びかかって叩きのめしたいぐらいだ。刑事として冷静さを欠いていることはわかっていたが、怯えているような、けれどそれでも毅然といようとしている春の様子を見ていると、我慢ができなくなってくる。

（どうする……）

恒成は、なんとか自分の気持ちを宥め、息を整えながら考えた。

とにかく、春の身の安全が一番だ。犯人への怒りはあるが、それよりも春を無事に確保しなければ。

犯人は一人だけだろうか？

せめてそれだけでも確認しよう、と僅かに身を乗り出したときだった。

エレベーターの方から複数人の足音が聞こえたかと思うと、「端から端まで隈無く調べろ！」と、男の太い声が響く。

到着した警護の男たちだ。

恒成が気付いた次の瞬間、

「早く乗れよ！」

同じように警護の男たちに気付いた若い男がせっぱ詰まったような声を上げ、車のドアを開けて、その中に乱暴に春を引っ張り込もうとするのが目に入る。

「やめろ！」

その瞬間、恒成は思わず男と春の前に飛び出していた。

「恒成さん！」

春の唇から、驚きと安堵の入り混じったような声が零れる。だが次の瞬間、

「ち――近寄るな！」

ナイフを持った男がひび割れた声を上げ、春の腕を掴み彼の喉元にナイフを突き付けた。

「近寄るな！　どけ！　どけよ！」

そして立て続けに叫ぶと、恒成を威嚇するようにナイフを振り回す。

その声で異変に気付いたのだろう。警備の男たちが集まってくる。

状況を確認すると、そのうちの一人が加勢を呼ぼうと無線に手をかける。恒成は「待ってくれ」と、それを止めた。

確かに加勢を呼んでここを包囲すれば、犯人を捕まえることはできるだろう。プレッシャーをかければ、恐れをなして春を離すかもしれない。

だが追いつめられたせいで逆上して、春に危害を加える可能性もあるだろう。それだけはなんとしてもさせてはいけない。

恒成は「俺がなんとかする」と小声で伝えると、「だから下がっていてくれ」と続け、春たちの方に向き直った。

若い男は、まだ興奮状態だ。ナイフをしきりに動かし、春に刃を向けたかと思えばこちらを牽制《けんせい》してくる。

「……ナイフを下ろせ」

恒成は男を見つめたまま、低く言った。

「今ならまだ間に合う。ナイフを下ろして彼を離せ」

そして春の解放を訴えるが、男は大きく首を振る。

頰を引きつらせ、ギラギラとした目で春を見ると、

「こいつがいるから悪いんだ！」

と叫ぶような声を上げ、掴んでいる春の腕を揺さぶる。

痛むのか、春は辛そうに眉を寄せている。

恒成は頭に血が上りそうになるのをなんとか宥めると、

「ナイフを下ろせ」

と、もう一度繰り返した。

春の瞳は、まっすぐに恒成を見つめてきている。恐怖はその中に見て取れるが、相変わらず澄んだ美しい瞳だ。

(絶対に助ける)

恒成は視線に力を込めて春を見つめ返すと、再び男を睨み付け、一歩前に踏み出した。

「ナイフを下ろして、彼を離せ。きみにだって将来はあるだろう」

「あるもんか!」

若い男は、金切り声を上げる。顔を歪めて唇を噛むと、春にナイフを突き付け叫ぶように言った。

「僕だって頑張ってるのに…頑張ってるのに、僕の何が悪いんだよ!? 僕と大して変わらない歳のくせに、なんであんたばっかり評価されて…何が違うんだよ! 僕と!」

興奮している男は、繰り返し春を激しく揺さぶる。はずみで、いつナイフが彼を掠めてもおかしくない状況だ。恒成は息を詰めたまま、じりじりと距離を詰める。

そうしていると、男は春の胸元に向けていたナイフをゆっくりと動かし、腕に突き付けた。

「変なとこ刺したら、もう二度とピアノなんか弾けなくなるだろうね。いい気味だ」

そして歪《いびつ》な笑みを見せ、男は言う。

だが次の瞬間、

「弾くさ」

「弾くよ」

恒成と春は、殆ど同時に似たような言葉を口にしていた。

思わず、お互いを見つめてしまう。男も驚いたように目を丸くしている。

恒成は春を見つめたまま頷くと、改めて男を見据えて言った。

「こいつは弾くさ。たとえそれまでほど上手くは弾けなくても、きっと弾く」

「弾くよ。僕はピアノが好きだから、たとえ上手く手が動かなくなっても弾き続ける。何があっても、弾くのをやめたりしない」

そして春も、男を見つめてはっきりと言う。

虚《きょ》をつかれたのか、男は黙り込んだままだ。

そんな男に、春は続けた。

「きみだって弾き続けていいんだ。大きな賞は獲れなかったとしても、きみがやりたいなら、きみがピアノを好きなら続けるべきだよ。誰かと比べる必要なんかないんだ。僕と比べる必要なんかない。きみの音は充分きみらしかったし、僕には出せない音だったよ」

その声は、ナイフを突き付けられているとは思えない優しいものだ。

男は、何かを思い返しているのか、床に目を落として黙り込む。

しかし直後、男は大きく頭を振った。

「無理だよ……」

そして泣き声混じりの声で言うと、項垂れたまま続ける。

「続けられるもんか。期待されて期待されて、なのに一つも結果が出せなかったんだ。もう無理だ。頑張ったのに…もう無理なんだよ！」

「木村《きむら》くん――」

「あんたみたいな人がいるから悪いんだ！　いいよな、親が二人とも音楽家で最初から注目されてて上手くやった奴はさ！　あんたなんかに僕の気持ちがわかるもんか！」

話しているうちに再び興奮してきたのか、木村と呼ばれた男は次第に早口になっていく。

「同じ歳なのに…何が違うんだよ！」

そして一際大きく叫び、春を揺さぶったそのとき。

「離れろ！」

恒成は声を上げると、男に身体ごとぶつかっていった。

「うぁっ――！」

男の身体が、強く車にぶつかる。恒成はナイフを持っている男の手を掴み、自分の身体を割り込ませるようにして春から引き離すと、そのままねじり上げた。

「わあぁっ――――」

悲鳴と共に、ナイフが床に落ちる。

恒成はそれを遠くに蹴りやると、男を後ろ手にねじり上げながら、その身体を車に押し付けた。

「あぁぁっ！」

男の悲鳴が更に大きくなった次の瞬間、

「やめて下さい！」

春が声を上げ、恒成の腕にしがみ付いてきた。

彼は驚く恒成に何度も首を振ると、「もういいですから」と繰り返す。

「僕は、もう大丈夫です！　だから彼の腕をこれ以上傷つけないで下さい！」

強い口調で春が言うと、恒成が押さえ付けている男の身体が、びくりと竦むように震える。

恒成は大きく溜息をつくと、「わかった」と、男の腕を掴む手を緩めた。

春はほっとした顔を見せ、男はずるずると床に崩れ落ちる。

「どうして……」

男の唇から零れる声は虚《うつ》ろだ。そんな男に、春は静かに言った。

「きみの音がなくなってしまうのは悲しいよ。苦しいこともあるだろうけど、今まで続けてきたきみの情熱は嘘じゃないと思う。だから、これからも弾ける機会があるならどんな形でもそれは活かすべきだと思う。賞に入らなくても、きみが真剣にピアノに向き合っていれば、人を感動させることはできるよ。僕は両親を亡くしてから、いつもそう思ってピアノを弾ける機会を大切にしてる」

「……」

春の言葉に、男はがっくりと項垂れる。

思わず、恒成が春の肩を抱こうとしたとき。

「大丈夫ですか」

一旦は下がっていた警護の男たちが、再び近付いてくる。

恒成は上げかけていた腕を慌てて戻すと、「ああ」と頷いた。

そして、この件はなるべく大袈裟なことにはしないようにしてほしいということ、それが、被害者である春の望みであることを伝えると、彼らに後を任せる。

改めて春を見つめると、彼もじっと恒成を見つめ返してくる。

やがて、その瞳からみるみる涙が溢れた。

「あ…りがとう…ございました……」

「遅くなってすまなかった」

「い、いえ。そん…そんな……大丈夫でした、から……」

「身体は、無事か。どこか痛いところはないか。掴まれていた腕は？　殴られたりは？」

「だい、大丈夫です。手荒なことは、何も……。腕も、平気です」

そして、次の瞬間。

「――――！」

春は声にならない声を零したかと思うと、ぎゅっと恒成に抱き付いてきた。

まるで子供のように泣きながら恒成にしがみ付いてくると、力の限りに抱き締めてくる。

「来て…くれないと思ってました……っ……」

「どうして。護るって、言っただろう」

「だって、いなかったじゃないですか！　僕、ステージの上からずっと探してました。席にいなくて、いつ来るんだろうって思って…ずっと……」

「春……」

驚きに、恒成は声が出せなかった。まさか彼がそんなことを考えていたとは思わなかった。自分の姿を探していたなんて思わなかった。

すると、春は恒成にしがみ付いたまま続ける。

「演奏中に――演奏中なのにあなたのことばかり考えてました。最後の曲だって、本当は誰よりあなたに――」

「聴いたよ」

次の瞬間、恒成はそっと春を抱き締め返しながらそう言っていた。

途端、春がぱっと顔を上げる。

恒成はその泣き顔を見つめると、そっと涙を拭った。

さっきまでの春は、ナイフを向けられても毅然としていて、男にもきっぱりと自分の言葉で言い返していた。そして最後には、自分をあんな目に遭わせた男を庇いさえした。

なのに今の彼は、まるで別人のように無防備だ。

恒成は、再び春を抱き締めると、彼の潤んでいる瞳を見つめて続けた。

「最後の曲は、ちゃんと聴いたよ。最初から最後まで――全部しっかり聴いた。感激したよ」

「……」

「途中で、お前と連弾したことを思い出した。なんでだろうな、あのときの曲と似てるわけじゃないのに」

「また恒成さんと一緒に弾きたい、って、思って作ったからだと思います」

すると、春は恒成を見つめたままそんなことを言う。

恒成が絶句してしまうと、春は微笑んで言った。

「日本に来てからの思い出を込めた曲ですから……。僕にとっては、恒成さんとのことが一番の思い出です」

「思い出……」

「あのとき、僕、とても幸せでした。恒成さんと一緒に弾くことができて」

「……」

「すごくドキドキしてました。肩がぶつかっただけですごく……。あんな気持ちも初めてでした。でも、そんな気持ちも幸せだったんです」

恒成は、春の言葉とあのときのことを思い出していた。

突然演奏を止めた春。怪我でもしたのかと思ったけれど、まさかそんな理由だったとは。

自分が彼と触れ合って戸惑っていたように、彼もそうだったのかと思うと、驚きに言葉が出ない。

と同時に、彼への愛しさが込み上げてきた。

諦めなければと思っていても、離れるべきだとわかっていても、抑えられない想いが込み上げる。

しかしその想いを口にしようとした次の寸前、

「――春！」

駐車場に、松下の声が響いた。

振り返れば、いつも綺麗に撫で付けている髪を乱し、憔悴《しょうすい》しきった表情の松下が駆け寄ってきた。そして春の両手を取ると、人目も憚《はばか》らずに声を上げる。

「春……！　よかった——よかった！　無事だったんだな！」

「う、うん。大丈夫」

「よかった……もしきみに何かあれば、亡くなったご両親になんと言えばいいのか——」

「心配かけてごめんなさい。でも、こ…真田さんが助けてくれたから」

春が言うと、松下はぱっと恒成に向き直り、神妙な表情で深く頭を下げてきた。

「ありがとう。いろいろと…世話になった。この礼は後日きちんと——」

「そんなものはいい」

だが松下の言葉に、恒成は首を振った。

「礼なんかいい。春が無事だったなら、それでいい。間に合ってよかったよ。犯人のことはあんたたちに任せる。詳しいことは春に聞けよ。本当なら、春をこんな目に遭わせた奴に温情なんてかけたくはないが、きっと事情もあるんだろう。俺は今日は休みだし、その方がいいだろ」

そして改めて松下に告げると、恒成はその場を立ち去ろうとした。

春に伝えたかった想いがあっても、言えなかったなら、それが運命なのだろうと——そう思って。

だが足は、どうしてか動かなかった。どうしても動かなかった。

視線も、春から離せない。

恒成は胸の奥がざわめくのを感じながら春を見つめた。まだ言っていないことがある。言い残していることがある。

春を見つめる。春も恒成を見つめてくる。

息をすることも忘れたように、お互い目が離せず見つめ合っていると、

「……春？　どうしたんだ？」

松下が訝しそうな声を零し、春の横顔を窺う。

次の瞬間、

「来い。春」

恒成はまっすぐに春を見つめたまま、そう口にしていた。

すっと手を差し出すと、まるでそれを待っていたかのように、春が手を重ねてくる。

長く綺麗な指が、少し前まで夢のような奇跡のような音を奏でていた指が、恒成の手に委ねられる。

そっと握ると、春は微笑んで頬を赤らめる。

握り返され、恒成は深く頷くと、何が起こっているのかわからないといった様相で目を瞬かせている松下に言った。

「春は連れて行く。明日にはホテルに送り届ける」

「え……ちょっ、ちょっと待て。明日ってどういうことだ」

途端、松下慌てた声を上げたが、恒成は構わず「行こう」と、春の手を引っ張る。

「ちょっと待て！」

松下が前に立ち塞がったが、

「どいてくれ」

恒成は言うと、一歩も引かずに松下を見つめた。

「松下さん――」

そして春が口を開きかけたのを制すと、松下に向け、きっぱりと言った。

「俺は春を愛してる。あんたにどう言われてもだ」

「な……」

「だからどいてくれ。彼は今日、俺の家に泊める」

「ちょっちょっと待て！　何を言ってるんだあんたは――。男同士だろう⁉」

「わかってる」

上擦った声で狼狽しながら言う松下に、恒成は強い声で言った。

わかってる。そんなこと、誰より自分が一番わかっている。

だから迷った。気付かなかった。気付かないふりをした。

けれど、出会ったときから彼に惹かれていて、今はもう離せないと思っている。気持ちに嘘はつけない。

恒成は噛み締めるようにして続けた。

「わかってる。でも俺は春が大切なんだ。何より。誰より。俺は『特別』な春には相応しくないかもしれないが、これだけは約束する。俺は、春のことを必ず幸せにする」

春の手をぎゅっと手を握りながら言うと、松下は何か言いかけ――止める。

そんな松下に、春が口を開いた。

「僕は真田さんと…恒成さんといたいです。今日も、これからも。日本に来て一番幸せだったのは、無事にコンサートを終えられたことと、恒成さんに会えたことだから」

「この男じゃなきゃダメなのか!?　百歩譲って男と付き合うとしてもだ、もっと他にいくらでも――」

「恒成さんじゃなきゃダメなんです！」

春が声を上げた。

恒成も驚くほどの激しさで言い返すと、ぎゅっと手を握り、松下を見上げる。

松下は大きく溜息をつくと、頭を振った。

「冷静になるんだ春。旅先で、感傷的になってるだけだろう。日本で出会ったから――」

「どこで会っても、僕は恒成さんを好きになりました。恒成さんといると、今までと違う自分を感じられるんです。自分だけど自分じゃないみたいな、それまでと違う自分を見つけられるんです」

「……」

「安心できて、でもどきどきしてわくわくして。胸が苦しくなるのにふわふわして……。気が付けば恒成さんのことばかり考えていて。そんな人は初めてなんです。ずっと、一緒にいたいんです……」

噛み締めるように言うと、春は恒成を見つめてくる。

その瞳の純粋さに、恒成は全身が熱くなるのを感じた。

恒成は、自分の想いがありのまま伝わるようにと願いながら、春の手をきつく握る。そして彼を見つめ返すと、改めて告げた。

「俺も、俺もお前といたいと思ってる。ずっと——一緒にいたいと思ってる。離したくない。愛してるんだ。お前の素直なところを、真剣なところを。お前の…全部を」

そして春を引き寄せると、腕の中に抱き締める。

数秒後、やれやれというように溜息をついて去っていく松下の足音を聞きながら、恒成は春に深く口付けた。

今度は別れるためではなく、これからも一緒にいる誓いのために。

◆

「悠斗くん、余程疲れたんですね」

「ああ。コンサートなんて初めてだった上に、他でもないお前のコンサートだったからな。それに、俺もついていてやれなかったし……」

「すみません。僕のせいで」

「いや――それはいい。悠斗にも事情は話していたし」

その日、恒成は春と悠斗とともに帰宅すると、三人で夕食を食べた。

悠斗を寝かせ、お茶を飲みながら今日のことを思い出していると、まだ数時間前のことなのに、まるで遠い昔のことのようにも思える。そのぐらい、今日は慌ただしく多くのことがあったから。

恒成は、ついさっきまで、ここで三人で食事をしていたことを思い出し、ふっと微笑んだ。

二人だけじゃない夕食なんて、いつ以来だろう。コンサートを成功させた春のリクエストを叶えて作ったすき焼きは思っていた以上に美味しかった。

料理を喜び、美味しそうに食べる悠斗と春の様子に、いつになく心和まされたものだ。

今までは、しゃにむに働くことしか考えていなかった。働いて悠斗に不自由のない生活をさせることだけが全てだった。

ピアノも音楽も自分には関わり合いのないものだと思っていた。関わらないようにしていた。なくなった過去に繋がるものだったから。

だから、それを思い起こさせる春のことは避けなければと思っていた。

彼のそのイノセントな雰囲気に惹かれていても。

「恒成さん……?」

すると、恒成が黙り込んでしまっていたせいだろう。

掌一つ分ほどの間を開けて隣に座っている春が、不安そうに顔を覗き込んでくる。

「なんでもない」

恒成は小さく苦笑した。

改めて見ると、春の瞳は本当に綺麗だ。森の奥の泉のように澄んでいて、見つめているだけでこちらの心まで綺麗になるように思える。

(『特別』か……)

確かに——。

恒成は松下の言葉を思い出し、胸の中で頷いた。

確かに彼は特別だ。この容姿も、自分のような無骨な男の胸をも震わせた演奏も。何もかも。

改めてそれを思うと、そんな彼をこの腕に抱こうとしている自分の大胆さに、我ながら驚いてしまう。だが、好きなものは好きで、離したくないものは離したくないのだ。

もっと彼を知りたい。もっと近くで。もっと。

「……」

恒成はそっと手を動かすと、春の手に手を重ねた。伝わる温もり。さっきも手を繋いだはずなのに、どうしてか気恥ずかしい。

それでも心の赴くままにそのまま握り締めると、おずおずと握り返される。

じっと見つめて、恒成は口を開いた。

「無事で、よかった」

今目の前に彼がいることが嬉しい。無事に怪我もなく彼がいることが。すると春は微笑んで頷いた。

「恒成さんのおかげです。それに、木村くんのこともありがとうございました」

「本当はきっちり警察に突き出したかったんだがな。現行犯だし。でも被害者のお前がそれは嫌だって言うなら仕方ない」

松下からの連絡によれば、脅迫の犯人である木村は、地元に帰ることになったらしい。そこでも弾くことを続けるかどうかは彼次第だろう。

（こいつの温情が通じる相手ならいいんだがな）

駐車場でのやりとりを思い出しながら、恒成は胸の中で呟いた。

あのとき春が言った言葉は、逃げたいための口先だけのものじゃなく、きっと本心だろう。有名なピアニストであっても、素直に謝ったり礼を言ったりする素直な彼だから――決して傲慢《ごうまん》にならない彼だから、あの男の音が好きだと言ったのもきっと本音に違いない。

恒成は小さく肩を竦めて言った。

「まあ、間に合ってよかったよ。誰かさんがコンサートを強行しなきゃもっと楽だったんだが」

「コンサートはやめません。これからも。僕にできる唯一のことですから。それに、今日は最後のアンコールまで演奏できて本当によかった……」

思い出しているのか、ふっと微笑むと、春は恒成の肩により掛かってきた。

「恒成さんに聴いてもらえて、本当によかったです……」

声は、恒成の耳元を優しく掠め、胸の中に静かに落ちていく。

「俺も、聴けてよかったよ」

恒成は心から呟くと、間近から春を見つめ返す。

相手が春だからか――愛している相手だからか、見つめ合っているだけで胸が引き絞られるような切なさと甘さが込み上げてくる。

恒成は自分を映す春の瞳を見つめたまま、ゆっくりと口を開いた。

「愛してる――春」

今まではほとんど口にしたことのない言葉。けれど今は、口にしなければ込み上げてくる想いで胸が弾けそうだ。

なのにどれだけ言っても、どう言っても、この想いを正確に伝えることはできない気がする。

それぐらい春のことが好きだ。彼を愛している。

「男同士でも、お前とは立場も生活も違っていても。お前を離したくない。もっとお前のことが知りたいし、色んなことを話したいし……一緒にいたいと思ってる」

恒成がそう続けると春はじっと恒成を見つめ、やがて、深く頷いた。

「僕も、愛してます。恒成さんに会えて、よかった……」

「お前のマネージャは驚かせちまったけどな」

「でも、はっきり言ってくれて嬉しかったです。あんなにどきどきしたの生まれて初めてでしたけど…でも、嬉しかった……」

「そうか」

「はい」

「堂々としたかったんだ。お前と付き合うなら、こそこそしたくなかった。少なくともあいつとは長い付き合いで、マネージャーで、お前にとって大事な奴なんだろう？　だったら、これからのためにも、はっきり言っておきたかった」

そして静かに顔を寄せ、そっと口付けると、春は潤んだ瞳で見つめてくる。

華奢な身体を抱き締め、愛していると再び伝え、口付けると、甘い吐息が春の唇から零れた。

「……一緒に、寝るか？」

そっと恒成が尋ねると、腕の中の春は緊張するように身体を強張らせる。

それでもおずおずと頷く愛らしさに愛おしさが募り、恒成は春を抱き上げた。

「あっ」

「大丈夫だ。落とさないから安心しろ」

「……」

「こんなことするのも、生まれて初めてだ」

「ぼ、僕も初めてです」

「そうか」

「はい。は――恥ずかしいですけど……嬉しいです」

はにかむような声が耳を掠めるのを心地好く感じながら、恒成は静かに廊下を進む。

自分の部屋までやって来ると、ベッドの上にそっと春を下ろした。

「本当なら、もっといい場所で…高いホテルかどこかでこうした方がよかったのかもしれないけどな」

「そんなことないです。僕、恒成さんの家が好きです。趣があって大切に暮らしてきたことがわかりますから。ただ、その……」

「ん？」

「こ…声が、ちょっと心配…で……」

囁くようにして話す合間に啄《ついば》むような口付けを繰り返し、春の服をゆっくりと脱がしていると、仄《ほの》かに頬を染めながら彼が言う。

恥ずかしそうな、心細そうなその様子に、恒成は思わず笑みが零れるのを隠せなかった。

途端、春は真っ赤になりながら睨んでくる。

「だって…悠斗くんがいるのに……」

「そうだな。弟が寝てる家でこんなことするなんて、これも初めてだ」

「今まで、ここには誰も……？」

「ああ。連れて来るわけないだろう。お前みたいに押しかけてきたなら別だが、誰も家に入れたことはない」

「……ん……っ」

「特別だ。お前は」

そして春が身に付けていたものを全て取り去り、自身もまた生まれたままの姿になると、恒成は一層深く口付け、ゆっくりと春をベッドに押し倒した。

「は……っぁ……っ」

肩に、首筋に、春の湿った息が触れる。

苦しいのか、逃げるようにして踠《もが》く身体を抱き締め、再び口付けると、そろそろと抱き締め返してきた。

柔らかく、甘い唇。それを舌で割り、口内を探ると、温かな粘膜がぬめりながら恒成を迎えてくれる。

上顎の凹みを擽《くすぐ》るようにして舐《な》め、舌に舌を絡めて吸い、そこに柔らかく歯を立ててやると、くぐもった呻《うめ》きが春の口の端から零れた。

「ふ……っんぅ……っ」

背中に回されている腕に、力が籠もる。

ちゅっと音を立てて唇を離すと、潤んだ瞳で見つめられた。顰《ひそ》められた眉が艶《なま》めかしい。

再び口付け、今度は空いている手で春の滑らかな肌の質感を楽しむ。

肩、二の腕、胸元、腰、背中。

そして再び胸元を撫で、上下するそこの小さな突起を押し潰すようにして弄《いじ》ってやると、恒成の身体の下の細い身体がびくりと震えた。

「ぁ……っ」

嫌々をするように頭を振る様子に小さく笑むと、恒成は指先に触れる胸の突起をきゅっと摘《つま》み上げた。

「っん——っ」

声を堪えるためなのか、手の甲で口元を押さえるようにして、春は身を震わせる。

目が合うと、春は困ったような顔で首を振った。

「だめです……っ」

「ん？」

「そ、そ、そこは触らないで下さい」

「……どうして。さっきからよく反応してるじゃないか。感じるんだろう？」

「っ……」

そっと指先で撫で、爪の先で擽るようにして弄ると、春は上げかけた声を堪えるように唇を噛む。

「だ…めです……っ」

「なぜ」

「だっ、だって声…が……」

「気持ちがよすぎて、声が出る？」

からかうように尋ねると、春は耳まで真っ赤にして睨んでくる。

恒成はその唇にそっと口付けると、

「やめない」

と囁いた。

「そん……んんっ――」

そして再び口付けると、春が上げかけた抗議の声は、互いの吐息の中に溶けていく。

恒成は自身の唇で春のそれを塞ぎ、声を止めさせると、一層執拗に胸元を愛撫《あいぶ》し始めた。

「ん……っん、んぅ…んん……っ」

ぷっつりと硬くなり始めたそこを指先で擦り、摘み、捏《こ》ねると、春の唇からはくぐもった声が立て続けに零れる。

声が出せないことで、より感じやすくなっているのだろうか。

恒成の腹の辺りには、先刻から彼の昂《たか》ぶりが何度も押し当てられている。まだ触れてさえいないのに、それは既に熱を持ち形を変え始めている。

普段は純粋で無邪気な子供のように見える彼が、今は自分の愛撫に応え、自分に欲情しているのだと思うと、恒成の劣情も一層煽られる。

「春――春……」

恒成は一旦口付けを解き、繰り返し春の名前を呼ぶと、今度は喉元に、首筋に口付けを繰り返していく。

薄い肌に触れるたび、春は身を捩《よじ》り、くぐもった声を漏らした。

その愛らしい様に、恒成は自身の欲望もまた昂ぶっていくのを感じる。もっと彼に触れたい。もっと彼を気持ちよくさせたい。もっと――。

「っあ……っ」

さっきまで弄っていた乳首の一方に口付け、ちゅっと吸い上げると、一瞬、高い声が部屋に零れる。

もっと声を聞きたくて、柔らかく吸い、歯を立てると、春は泣くような声を上げた。

「ゃ……っ……ゃ…だめ…です……っ」

鼻にかかった切れ切れの声は、それまで知っていた彼とは別人のような艶めかしさだ。

恒成が繰り返しそこを刺激してやると、その声は一層艶《つや》を増し、高く甘くなっていく。

「ぁ……っあ、あ、ぁァ……っ」

しなやかな身体が、恒成の身体の下でのたうつ。

恥ずかしさのせいなのか、それとも快感のせいなのか、大きな瞳は潤み、目元は赤い。

その目尻に口付け、頬に口付け、啄むようにして唇に口付けると、春がぎゅっとしがみ付いてきた。

「声が…出ちゃいます……。だめです……」

「可愛い声じゃないか。もっと聞きたいがな」

「こ…ここじゃだめです」

「じゃあ、これ以上はやめておくか？」

囁くようにして尋ねると、春は困ったように黙り込む。

恒成は小さく笑うと、もう何度目になるかわからない口付けを落とした。

「そんな顔するな。やめない。ここでやめられるわけがないだろう」

「ぼ、僕もそうですけど、でも……」

「声が出そうになったらキスする。それならいいだろう？」

そしてその言葉通りに口付けながら、恒成は胸元から春の下肢へと手を滑らせた。

さっきから腹に当たっている彼の性器は、もうすっかり硬い。握り込むと、春は短く息を呑み、大きく背を撓《しな》らせた。

「は……っあ……ん……っ」

そのままゆっくりと扱《しご》き、刺激してやると、そこはますます熱く硬くなっていく。

しがみ付いてくる腕も強さを増し、指が背中を何度も引っ掻く。

「ん…っぁ…あ……っ」

息を継ぐように唇を離すと、春は恒成の首筋に顔を埋める。

熱い息が、嬌声《きょうせい》が肌を撫でる。

肌が粟立つようなその快感に、一気に昂ぶってしまいそうになるのを懸命に堪えると、恒成は一層熱心に春の性器を愛撫した。

昂ぶりを扱き、揉むたび、彼の零す蜜が指を濡らし、粘つくような音がそこから零れる。春にもそれは聞こえているのだろう。元々は色が白いはずの彼なのに、今は耳まで真っ赤になっている。

「気持ちいいか……？」

尋ねると、
ぎゅっとしがみ付いてきたまま、彼は小さく頷く。

「気持ちいい…です……」

舌足らずな声は、上気した頬は、他に喩えるものもないほど可愛らしく、色っぽい。

恒成は、そっと自身の唇を舐めると、身体をずらし、春の性器に柔らかく口付けた。

「あっ――――！」

刹那、春の唇から高い声が溢れる。

引き離そうとするかのように指が肩に掛かったが、恒成はそのまま春の性器を口に含むことをやめなかった。

「っ……や……こ、恒成……さ……っ」

切れ切れの、上擦った声が耳を掠める。

それを聞きながら舌で擽るようにして性器の先端を舐め、唇で扱いてやると、瑞々しい果物のような春の中心は、ますます熱を増す。蜜が溢れ、硬くなっていく。

それを舌で感じながら、恒成は胸の中にますます愛しさが広がるのを感じていた。

抵抗感などまるでなかった。むしろ、もっともっと春を感じさせてやりたい想いが強くなる。

彼の全部を知りたい。全部に触れたい。他の誰も聞かない声を聞きたい。誰にも見せない姿を見たい——。

「んっ……んんっ——」

春の声が耳を掠めるたび、彼の指が恒成の髪をかき混ぜるたび、恒成の中の熱が煽られる。

繰り返し、執拗に、熱を込めてそこを愛撫すると、春の声は一層高く掠れる。

「こうせ…さ…っ……ぁ…だめ……だめです……っ…ァ——あア……っ！」

そして一際高い声が聞こえた瞬間。

恒成の肩にぎゅっと指が食い込み、春の身体が跳ね、性器が震え、温かなものが口内に溢れる。

恒成がそれを飲み下し、やがて顔を上げると、春は頬を上気させ潤んだ瞳で恒成を見つめてきた。

言いたいことはあるのに、恥ずかしくて言えない、という顔だ。

そんな春が可愛らしく思わず笑みを零すと、春はぶつかるようにして抱き付いてきた。

「こ…恒成さんは、意地悪です……っ」

「……そうか？」

「そうです！」

「お前に触れたかっただけだ。それにいろんなお前が見たかった」

拗《す》ねたような春を宥めるように恒成が言い、背を撫でてやると、春はそんな恒成を見つめ、口付けてくる。

「！」

大胆な春の行動に恒成が目を丸くしていると、そのまま、春の唇は恒成の顎へ、首筋へ、胸元へと下がっていく。

「お——おい、春」

そして春はおずおずと恒成の性器に触れると、躊躇うことなくそれを口に含んだ。

「っ——」

不意打ちに、恒成は思わずくぐもった声を漏らしていた。

さっきまで自分がしていたことだが、まさか春がそんなことをするとは思ってもいなかった。

「春——顔を上げろ。そんなことしなくていい」

「……どうして、ですか」

「どうしてって……」

「僕だって……っ…恒成さんに…触れたいです……もっともっと…恒成さんのこと、が知りたいです」

ぎこちなく舌で性器を愛撫しながら、春は切れ切れに言う。

吐息が昂ぶりを掠めるたび、恒成の背筋を快感が突き抜けた。

あの春が自分の欲望をと思うと、全身の肌が粟立つ。拙い舌戯なのに、熱心で愛情に溢れたその行為に、恒成の劣情は煽られてやまない。

「春——もういい」

恒成は、腰の奥で熱がうねるのを感じると、やや強引に春を引き剥がした。

そのままシーツの上に仰向《あおむ》けに縫い止めると、膝を割り、大きく足を開かせ、張りのあるすべらかな感触の双丘とその奥に触れる。

「力抜け。優しくする。それとも、やっぱりやめておくか？」

「だい…大丈夫です」

「無理しなくていいんだぞ。ヤりたいのはやまやまだが、お前に嫌な思いはさせたくない」

「で…でもやめられないって」

「やめられないけどやめるさ。お前に痛い思いをさせるぐらいなら、やめる。また今度――」

「やめないで下さい」

すると、春は小さいがはっきりとした声で言い、頭を振る。

見つめると、じっと見つめ返された。

「『また』なんて言わないで下さい。やめないで。こ…怖くないです」

「……」

「初めてですからドキドキしてますけど、初めてだから怖いけど……」

「怖いんじゃないか」

「怖いけど怖くないです。恒成さんだから、平気です。僕も、恒成さんと、もっと……もっと近付きたいから」

懸命に言葉を継ぐと、春は熱っぽい瞳で見つめてくる。

それは、錯覚かもしれないが「コンサートはやめない」と言ったときの瞳にも似ている気がした。

「またの機会なんてあるかどうかわからない」から、と、絶対にコンサートはやめないと言い切ったときの、あのまっすぐな瞳に。恒成が、惹かれた瞳に。

恒成は自分を見上げてくる春に、ふっと微笑んだ。

優しく綺麗で、一見は大人しくてたおやかで、けれど内側には静かな情熱と強さを秘めた春。だから好きになったのを思い出す。

「――わかった」

恒成は頷くと、そっと春に口付けた。

そのまま再び後孔を探ると、柔らかく解すようにしてそこを撫で、さすり、指先でそっと揉む。

「っん……」

そのたび、腕の中の春の身体は細かく震える。

宥めるようにキスを繰り返し、やがて、そろそろと指を挿《さ》し入れると、そこは一瞬きつく締まり、しかしほどなく恒成の指を受け入れていった。

「力抜け。大丈夫だ」

「は…い……ぁ――」

「痛いか」

高い声に、恒成は思わず尋ねる。だが、春は真っ赤になったまま頭を振った。

「大丈夫…です」

息を継ぎながら言う声を聞きながら、ゆっくりと指を動かすと、しなやかな身体が大きく撓る。

「っふ……ぁ……っ」

腰が揺れる。気付いているのかいないのか、脚がますます開いていく。感じているのだ。恒成を抱き締め、自分の身体を擦り付けるようにして腰を揺する春に、ぞくぞくするような興奮を感じながら、一層熱っぽく中を探ると、開きっぱなしになっている唇から、甘い声が次々溢れる。

「は…ぁ……っあァ……っ」

口元を押さえ、懸命に堪えようとしているが、声は止まらない。

やがて、恒成は指を抜くと、ほっそりとした春の脚をさらに大きく開かせ、抱え上げた。既にすっかり昂ぶり、張りつめている恒成の性器は、春の一番熱い部分を欲して濡れている。

息を乱して、しかしどこか緊張しているような面持ちでベッドの上に横たわる彼を見下ろすと、恒成は優しく口付けた。

「愛してる——春」

「恒成…さ……ぁ——っ」

そして、自らの昂ぶりをグッと春の中に挿し入れると、逃げかけた細い身体を抱き締め、そのままじりじりと腰を進める。

「は……ぁ……っん、ん、んんっ——」

口付け、彼の息まで奪いながらゆっくりとゆっくりと欲望を沈めていく。

苦しいのか、春の身体がぎゅっと緊張する。だが同時に性器を刺激してやると、強張っていた腰や脚から力が抜けていくのがわかる。

「ん……う……っ」

「痛いか」

「大丈夫です……ちょっ、ちょっと…苦しい…けど……んっ――」

途端、春は声を堪えるように指を噛む。恒成は慌てて、その手をそっと取った。

「馬鹿。噛むな。大事な指だろう」

「でも……っ」

「俺に抱き付いてろ。どうしても我慢できなかったら、俺の首でも肩でも噛めばいい」

そして春の後ろ頭を掬《すく》うと、自身の首筋に引き寄せる。

「は……ぁ……っ」

すぐさま、そこに吐息と春の唇を感じた。

じっくりと腰を進め、最奥まで熱を埋めると、恒成はもう一度春に口付けた。

愛しさが、胸を、全身を満たす。こんなに誰かを愛し、幸せで満たされたと思ったのは初めてだった。

「動くぞ」

囁くと、こくりと春が頷く。

恒成は春の脚を抱え直すと、ゆっくりと腰を使い始めた。

「ん……っあ……っ」

最初はゆっくりと、そして次第に自分のピッチで抜き挿しを繰り返すと、そのたび、春の身体が不規則に跳ねる。

手の中の性器もますます硬さを増し、脈打つように震えている。

繋がっている部分がヒクヒクと蠢《うごめ》き、かと思うときつく締められ、恒成は背筋を突き抜ける快感に、低く呻いた。

深く穿《うが》つと、春は縋るようにして抱き付いてくる。首筋に、彼の歯を感じる。痛みが目眩《めまい》のするような刺激になって、腰の奥を直撃する。

「春――」

「ぁ……っぅ……んんっ」

「愛してる。お前を愛してる、春――」

「恒成さ……ぁ……っ」

「離さない」

乱れた息の中、掠れた声でそう告げると、唇に春の唇が重ねられる。

ぶつけてくるかのような、ぎこちないキス。

だが、そんなキスに堪らなく欲情させられる。

噛み付くように恒成の方からも口付けると、春の口の端から喘《あえ》ぎが漏れる。

「離さないで…下さい……っ」

吐息混じりの声は、甘く濡れて恒成の耳元を掠める。

恒成は一気に全身が熱くなるのを感じながら、一層激しく春の奥を穿った。

「は……っあ……あァ……っ」

「っ……」

「ぁ……ゃ…や…恒成…さ……っもう…っあ……っ」

「我慢しなくていい――春」

「あ……っあぁ…っ…んぅ……っ」

そして、深く唇を重ね、手の中で跳ねる性器を強く扱いたその瞬間。

一際甘い声とともに、温かなものが掌に溢れる。

「っ――」

少し遅れ、恒成も欲望を吐き出すと、春の眉がきつく寄せられるのが見える。

「春…大丈夫か……?」

乱れた息のままその額に口付け、髪をかき上げてやり、また口付けると、小さく頷いた
春に濡れた瞳で見つめ上げられた。

「恒成さん……」

「ん？」

「……大好きです……」

「ああ」

頷き、唇に唇を重ねると、ぎゅっと抱き締められる。

「愛してる、春」

抱き締め返して囁くと、微笑んだ春がはにかむような笑みで口付けてきた。

◆
◆
◆

「気を付けろよ」

「はい」

「また来てね。絶対、また来てね。それまでに、僕、ピアノもっと練習して、もっと上手くなってるから」

「うん。また、すぐに来るよ。また一緒に弾こうね。僕ももっと上手くなれるように練習するから」

空港の出発ロビー。

恒成は悠斗とともに、そろそろゲートの向こうに行かなければならない春に、別れの挨拶を伝えていた。

想いを伝え合ってから、一週間。

春は恒成と悠斗のために、最大限滞在日数を延長してくれたが、それも今日で限界らしい。

今日までは、少しの時間しか会えなくても、ほぼ毎日のように会っていたし、ときには恒成の家で悠斗と一緒にピアノを弾いていた春が、もうアメリカに戻ってしまうと思うと、胸が張り裂けるようだ。

恒成は、じっと春を見つめた。

昨日も抱き締めた、しなやかな身体。

思い返すと、情欲というよりも強い愛情が全身に満ちる。

大切で、ずっと離したくない想いが、熱く身体を巡る。

今まで感じたことのなかったそんな想いをしみじみ感じながら春を見つめ続けていると、春も、じっと恒成を見つめてくる。

可憐で清潔感があって、どこか強い意志を感じさせる貌。その澄んだ瞳に自分が映っていることが嬉しく、恒成がいつまでも見つめていると、春がそっと口を開いた。

「なるべく早く、また日本に来ます。それから、毎日電話します」

「ああ。電話は俺もする。時差なんか考えないでするから、覚悟してろよ」

「楽しみにしてます」

そして頷いた後、春は何かに気付いたような顔をする。

「どうした？」

恒成が尋ねると、春はすっきりと澄んだ瞳で見つめてきた。

「今の『また』は、なんだかいいなって思ったんです。今までは好きな言葉じゃなかったけど…今のはなんだかどきどきするな、って」

「そうか」

「はい。不思議ですね」

「――俺はお前の側にいる」

そんな春に、恒成ははっきり言った。目を瞬かせる彼を見つめて続ける。

「『また』を嫌がるお前の気持ちはわかる。でも俺は、『今』も『また』も、必ずお前の側にいる。お前を一人にしない。だから、『また』もその『また次』もたくさん楽しみを作ってろ。俺も、これからもっともっとお前のいろんなことを知ったりいろんなことをするのが楽しみだ」

「……はい……」

するとと春は微笑み、深く頷く。

そうしていると、

「春、そろそろ行かないと」

少し離れたところで電話をしていた松下が二人のもとに近付いてくる。

「は、はい」

その声を合図に春は立ち上がったが、名残惜しそうな表情だ。

恒成も立ち上がると、辺りを見回し、春の頬にさっとキスを落とした。

「大丈夫だ。そんな顔をするな」

「はい……」

「……愛してる」

そして、春にだけ聞こえる声でそっと続けると、春に向けて笑顔で頷く。

春は、自分といるとそれまでと違う自分になれると言っていたが、それは恒成も同じだ。

春と会い、彼を知り、愛して、自分は変わった。こんなにも誰かを愛せる幸せを感じている。

恒成は、ゲートの向こうに消えていく春を見つめ、少し迷ったものの彼に向けて手を振る。すると、春の笑みは一層弾け、手が振り返される。

子供のようなその仕草に苦笑しつつ、幸せを噛み締めると、恒成は悠斗と手を繋ぎ、踵を返す。

春と会えない間、自分もまたピアノの練習をしてもいいかもしれない。

今度会ったときに彼を驚かせるために——。また、彼と一緒に弾くために。

そんな未来を思い描くと、恒成はきっと近い日に訪れる再会のときを思い、幸せに包まれながら微笑んだ。

了

あとがき

こんにちは、もしくははじめまして。桂生青依《かつらばあおい》です。

このたびは本書をご覧下さいまして、ありがとうございました。

思いがけない出会いと再会から、ゆっくりと惹かれ合う恒成《こうせい》と春《はる》。

刑事の恒成とピアニストの春……と、立場も今まで育ってきた環境も何もかも違う二人ですが、違うからこそ段々と好きになっていく、ゆっくりとした甘々ラブストーリーを、
今回は恒成側からの視点で書いてみました。

初めての経験だったのですが、書いているときはとても楽しかったので、皆様にもお楽しみ頂ければなによりです。


そして今回、素敵なイラストを描いて下さった海老原《えびはら》先生に心からお礼申し上げます。

可愛《かわい》くて、でも実は芯の強い春の愛らしさも、不器用ながら実は愛情深い恒成の格好よ

さも、イメージしていた以上で本当に幸せです。ありがとうございました。

また、担当様をはじめとする、本書に関わって下さった皆様にもこの場を借りてお礼申し上げます。

そしてなにより、いつも応援して下さる皆様。本当にありがとうございます。

今後も引き続き、皆様に楽しんで頂けるものを書き続けていきたいと思いますので、どうぞよろしくお願いします。

それでは。

読んで下さった皆様に感謝を込めて。

桂生青依　拝

セシル文庫をお買い上げいただき、ありがとうございます。
この本を読んでのご意見・ご感想・ファンレターをお待ちしております。

☆あて先☆
〒154-0002　東京都世田谷区下馬6-15-4
コスミック出版　セシル編集部
「桂生青依先生」「海老原由里先生」または「感想」「お問い合わせ」係
→EメールでもOK!　cecil@cosmicpub.jp

セシル文庫

可憐《かれん》な初恋《はつこい》、甘《あま》いキス

【著者】　桂生青依《かつらばあおい》
【発行人】　杉原葉子
【発行】　株式会社コスミック出版
〒154-0002　東京都世田谷区下馬 6-15-4
【お問い合わせ】　-営業部-　TEL 03(5432)7084　FAX 03(5432)7088
-編集部-　TEL 03(5432)7085　FAX 03(5432)7089
【ホームページ】　http://www.cosmicpub.com/
【振替口座】　00110-8-611382
【印刷／製本】　中央精版印刷株式会社

乱丁・落丁本は、小社へ直接お送り下さい。郵送料小社負担にてお取り替え致します。
定価はカバーに表示してあります。